U0895137

18岁倒数计时

Countdown to the Eighteen

林满秋 著

她走得很慢，借此缓和心里的慌乱。某扇窗里隐隐约约流泻出舒曼的《童年情景》，她抬头望了一眼，刺眼的阳光让她更为晕眩，她不小心撞到了一个孩子。

风在她们头顶上咆哮，把徘香的长发抚弄得飘飘扬扬，像面纱似的，遮掩了她细瘦的面颊。此刻的殷希感觉不到男女之海的浪漫，看到的只是那奔向阴间的水流，和在阳间翻滚的泪水。

昏暗的月光从窗口投射进来，幽幽淡淡，正是徘香喜欢的气氛。她总是说，黑暗是纯粹的感受，黑暗让人卸下伪装，在黑暗中才能成为真正的自己。

她闷着头，让两条腿带着哀伤的心情一步步往上踩。她的衣服湿透了，心也湿透了。忧伤溢满心头，仿佛是嫌雨下得不够多似的，泪不停地从眼角流泻而下。

我们坐在气球飘飞的房间里，吃着买来的食物，喝着啤酒。吃完蛋糕后，蒋天霖腼腆地说：“对不起，我没有礼物可以送给你。”

“你的故事还没写完，就丢着不管吗？真是个不负责任的人。你知道你十八岁倒数计时还剩几天吗？你要是不快醒来，你会来不及的。徘香，别像个懦夫一样，醒来吧！快睁开眼睛看一看，快……”殷希的话突然卡住了，她看到徘香的手指动了一下。

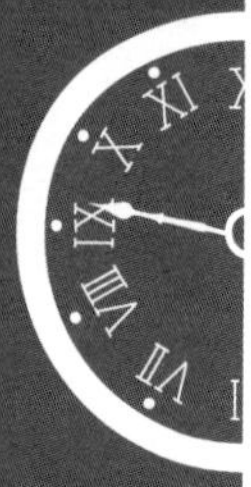

目录

Chapter 15 094
Chapter 16 099
Chapter 17 107
Chapter 18 113
Chapter 19 123
Chapter 20 133
Chapter 21 146
Chapter 22 156
Chapter 23 160
Chapter 24 173
Chapter 25 177
Chapter 26 185
Chapter 27 190
Chapter 28 198
Chapter 29 201
Chapter 30 206
Chapter 31 212
Chapter 32 228
Chapter 33 234
Chapter 34 241
Chapter 35 242
Chapter 36 247
Chapter 37 254
Chapter 38 260
Chapter 39 266

Preface
序

十七岁的心愿，十八岁的期待

文/林满秋

这个故事的缘起，在于一次九份之旅。

我面对阴阳海，听着友人谈起战俘营的故事。那段半个多世纪前的历史，早已随着铜矿场的没落湮没于草丛中，但当他说到一个八十几岁的英国妇人艾莉丝来台寻访未婚夫最后的生命历程时，我的眼中泛起泪光。艾莉丝的未婚夫当年并没被关在金瓜石，而是被关在南部的另一个战俘营。他没有遵守对未婚妻的誓约回到她身边，艾莉丝却终身未嫁，默默地从生命的春天等到冬天。她当然知道他不会回来了，却很想知道他生命的最后时光是怎么度过的。于是她来到了台湾。当我听到这里，脑海中禁不住浮现出一幅画面：一位银发如丝的老妇人孤独地站在阴阳海边，缅怀着情人青春的面孔，和那段属于她的爱情。

那想必是个细雨纷飞的日子，风在她的头顶上咆哮，把她银色的头发吹得飘飘扬扬，遮掩了她细瘦的面颊。她望着那奔向阴间的水流，想起了在阴间的情人，想起了自己一生的等待，眼中飘起了蒙蒙细雨。

就是这样的一幅画面，让我萌生了创作这个故事的念头。

原本我只是纯粹想写一个半个多世纪前的爱情故事，却在听到另一个故事后，有了不同的想法。

我从一个朋友口中辗转得知了一个在异国生长，与母亲相依为命的少女的故事。她对自己身世之谜的探求，与单亲母亲既亲密又紧张的母女关系，深深触动了我。母亲和她的十八岁之约，并没有抚慰她那敏感、焦躁的心，反而让她陷入更为迷乱的心绪中。她在追问自己身世之谜的同时，也在一段又一段的爱情中打转，当她体悟到那个谜没有解开，她的生命、她的爱情就永远无法理出头绪来时，她的母亲让她在十八岁倒数终结之前只身返台会见她父亲。

这个故事极大地吸引了我，迅即在我脑中着地生根，并伸出枝丫来。我兴奋地想着：一个被困在秘密里的少女，在只身回台寻亲时，发现了半个多世纪前那段被淹没在阴阳海里的爱情。那段荡气回肠的爱情，与母亲隐藏了十几年的秘密，还有女主角自身发展出来的青春之爱，在我的脑海中不停地生衍、完善、成熟。从这个故事的酝酿到创作完成，我经历了一年多既兴奋又痛苦的日子。

故事的主轴虽是一个少女的寻亲之旅，但爱情才是这个故事的主线。就像故事里的少女所说的：

> 十七岁，是一个人明白了什么是“喜欢”、什么叫作“爱”的年纪。
>
> 十七岁，也是一个人对爱情最真诚、最执着的年纪。

十七岁的你，不会明白什么叫门当户对，也不会觉得面包比爱情更重要。

十七岁的你，只会全心全意地去爱，管他是王子还是乞丐。

十七岁的你，会用最浪漫的心情，去编织一段最浪漫的爱情。

十七岁的你，爱上一个人时，会赴汤蹈火，因为你很难再这么单纯地爱上一个人。

对一名十七岁的少女而言，爱情是浪漫的、令人憧憬的，但爱情的多变性，爱情的脆弱，又岂是一名十七岁少女所能掌控的？故事里的少女殷希困在爱情的旋涡里难以自拔，而少女徘香则借由写作来抒解对爱情的渴望。面对爱情，十七岁的少女看不清，四十几岁的人也同样迷惘。爱情的困惑，不分年龄，也无男女之别，更无古今之分。

除了爱情，亲情和友情也是这一时期少男少女们面临的难题。

徘香和殷希在性格、遭遇或处境上都截然不同，却同样陷入了母女间既亲密又紧张的情感旋涡中。殷希和母亲的冲突是外放的；徘香和母亲的矛盾情感则是内化的，这两段母女间的情感纠葛都会在不同的空间被展现出来。殷希和母亲爆发冲突时，选择逃离母亲为她建造的隐秘住所，徘香则躲进自己营造出来的秘密基地。一出一进，表明了两个少女性格上的差异，同时也暗示了她们命运的差异。

性格的差异，爱情的冲突，并不影响两人的友情。

徘香为了避免介入殷希和沈维刚的恋情，硬是将心中强烈的爱转移到小说创作当中，而不想伤害朋友；当徘香陷入昏迷时，殷希不远千里从英国赶回来，守在她的病床旁，为她朗读手稿，情深义重，让人感叹。

这两个原本是兜不到一块儿的女孩，因十八岁倒数计时而有了生命的交集，她们决定把自己的十七岁过得璀璨亮丽，谱出一曲瑰丽的青春乐章。诚如徘香在网络上的个人空间里写的：

倒数计时是压力，也是动力；
在倒数终结前，只能持续往前，无法停下脚步，
因为每一分钟都无法浪费。
我们的目标不同，努力的决心一致，
时间一天天逼近，十八岁倒数计时已进入关键时刻。

她们能如愿达成倒数的目标吗？请翻开下一页，十八岁倒数计时正式开始。

自从有了数字概念以后，

殷希的生活就进入倒数计时状态。

十八岁生日那天，

是倒数计时终结的日子，

她的身世之谜，

将在那一天揭晓。

人潮涌动的台北街头，仿佛一条湍急的河流，殷希感到两腿软绵绵的，生怕一个不小心就会在人流中淹没。时差搅乱了她的生理运作，五颜六色的招牌、燠热闷湿的气候，联手冲击着她的感官。一阵猛烈的抽痛从胃部散射出来，提醒了她从下飞机后一直未曾进食的事实，她却一点儿食欲也没有。

她从川息不停的人流中弯进小巷里。巷子被两旁的楼房挤压，变了形，路面被阳光照得惨白无力。汗水不停地从她体内涌出。那种热，并不是来自真正的高温，而是像被喷了胶似的，黏黏稠稠的，凝滞不动。矗立的楼房在阳光下昏昏欲睡。她被晒得头昏眼花，两条腿好像踩不到地，整个人虚虚浮浮的。

走到巷底，她再度比照地址，犹豫地转入另一条巷子。

那不是她想找的街弄。

她在错综复杂的巷子中兜转，从一个路口走到另一个路口，费了好一番工夫才找到地址上的那条巷子。

她走得很慢，借此缓和心里的慌乱。某扇窗里隐隐约约流泻出舒曼的《童年情景》,她抬头望了一眼,刺眼的阳光让她更为晕眩,她不小心撞到了一个孩子。

那孩子大约七八岁，生涩地对她一笑，一个女人随后追上，手里提着孩子的书包，对孩子说了句："撞到人，还不说对不起。"孩子朝她望了一眼便跑掉了。那个女人向她道歉后,也跟着走开了。

她还没回过神来，又有一群孩子拥了过来，她才意识到巷子里原来有所学校。几个孩子欢天喜地边走边跟母亲诉说着学校里发生的事，那亲密的情景深深刺痛了她。

她跟母亲相依为命，可就是亲密不起来。母亲的冷漠，让她比一般孩子更渴望父爱,可是她从来没见过父亲。当她有了"父亲"的概念后，曾问母亲："我的爸爸在哪儿呢？"

母亲回答说："等你十八岁时，我就会告诉你。"

她紧接着问："为什么？"

母亲淡淡地说:"那时候你就是大人了，有权利知道所有的事。"

从那天起，她对十八岁有了一种模糊的期待。可是十八岁，对一个三四岁的孩子来说，是段漫长的岁月，也是个虚无的概念，她常常会在一觉醒来后，天真地问母亲："我今天十八岁了吗？"

母亲摇头，她接着问："明天呢？"母亲还是摇着头。

她不死心，再问："还有几天呢？"

母亲说："还有很多很多天。"

她接着又问："为什么要等很多很多天呢？"

母亲以一种神秘的口吻说："因为那是个秘密。"

秘密，为她的童年增添了一种神秘的色彩，也让她忘记了等待的枯燥。她每天都在等待。她在等待很多、很多、很多天后，等待着十八岁的到来，等待从母亲口中得知那个秘密。

可她做梦也没想到，等了那么久，母亲竟然不声不响地走了，连同她的秘密也一起带走了。她不甘心，她发誓，一定要在十八岁倒数计时终结前，找到那个原本该由母亲亲口说出的秘密。

她的目光盯在小巷子逐渐增加的号码上，她的心跳声大得几乎盖过了喧嚣的车声。她的手心被汗水浸湿，两腿仿佛踩不到地似的，整个人飘了起来。

她问自己，十七年来的等待会在这里找到答案吗？要是人去楼空，该怎么办？

她的心跳得好快，步子反倒慢了下来。

八十九号，她终于找到这个关系着自己命运的地方了。

她几乎无法呼吸。她傻傻地站在那儿，直到有个人推门而出，她才走了进去。

“找谁？”管理员的目光从柜台旁的小电视移向她。

“我……”她的喉咙干得几乎发不出声音，“我想找九楼的殷朝宾先生。”

“搬走了。”管理员一头白发，声音依然洪亮。

“你知道他搬去哪里了吗？”她焦急地问着，一颗心不断地往下沉。

“你找他有事吗？”

“我……”殷希避开了这个问题，“你可以告诉我，他搬到哪里了吗？”

“他搬到赡养院里去了！”管理员透过老花眼镜打量着她。

“有地址吗？”她问得更迫切了。

“他走的时候给了我一张名片，都三四年了，也不知道塞哪儿去了。你等等，我找找看。”

管理员在抽屉里翻找着，殷希焦躁起来，忍不住问道：“找到了吗？”

“等等……”管理员推了推老花眼镜，一张张地翻看着。他那缓慢的动作让殷希更加急躁不已。

一会儿后，他从中拿起一张。“应该是这张。”管理员的目光从名片移向她，“你是他什么人呢？”

“我是他的……外孙女。”殷希吐出了一个对她来说相当陌生的词汇。

管理员盯着她看，好像想从她的脸上找出点什么似的，殷希被他看得很不自在。

她在抄地址时，听到管理员说：“长得还真有点像。”

她假装没听见，抄完地址和电话后，匆匆走出大楼，叫了一辆出租车，直奔赡养院。

赡养院坐落在一座小山丘上，园区里绿树叠翠，花木扶疏，阳光照在喷水器洒下的水汽上，晶晶亮亮，与坐在轮椅上半醒半睡的老人们形成强烈的对比。

“殷先生就在那儿。”赡养院的接待人李小姐笑着说，“我不知道殷先生还有别的亲戚呢！”

殷希闷声不响，低着头随着李小姐走进一间屋子。

屋里有七八个老人，有的坐在轮椅上，有的坐在沙发上，有的盯着电视机看，有的茫然地望着窗外，他们的神情都有些呆滞；还有的老人在垂头打盹儿，有的像孩子般重复踢着轮椅上的踏板。

殷希的心怦然剧跳着，脸色惨白如纸。

“殷先生，有人来看您了。”李小姐弯着身子，柔和地对其中的一个老人说。

老人仰起头，看了看李小姐，然后顺着她的眼神转向殷希。

“您的外孙女来看您了，她刚从英国回来哦！”

老人的目光停在殷希脸上，眼睛越眯越细，眉头也越皱越深。他望着望着，那迷茫的目光突然清亮起来，猛地抓起殷希的手，急切地叫着：“心慧，心慧！”

殷希惊讶地望向李小姐。“怎么会这样？”

李小姐柔声安抚老人：“把手放开喔，对，把手放开。”

老人的手缓缓松开了，目光依然在殷希脸上游移着。殷希也同样看着他，一颗心依然剧跳不止。

“老年痴呆症，他现在连夏先生都认不出来了。”

“心慧是谁？夏先生又是谁？”

“夏思浩是他的外甥，平常都是他在照顾殷先生。心慧是谁，我就不知道了，也从没听他提起过。”李小姐的目光飘向她，“你一定跟那个叫心慧的人长得很像，他才会把你当成她。”

“他这样有多久了？”

“他住在这里三年多了，刚来的时候还好，但这一年多来情况变得很糟，很多事都不记得了。他总是呆呆地坐着，对四周的变化根本没有感觉，像今天这么激动，倒是第一次。”

“那个叫心慧的人从来没来看过他吗？”她的目光飘向轮椅上的老人，老人也同样盯着她，眼中闪烁着一种让人难以理解的光芒。

“没有。除了夏先生，你是第二个来看他的人，现在连夏先生都很少来了。”李小姐叹了口气，“唉，谁受得了总来看一个连自己都认不出来的人呢？”

“他都什么时候来呢？”

“他以前每隔一两个月就会来看他，可是自从他到大陆工作后就很少过来了。不过他还是很关心殷先生的，要求我们每个月向他报告殷先生的情况，还说，如果有什么紧急状况，他会立刻赶回来的。”

“我想跟他联络，你可以把他的电话或电子信箱给我吗？”

“对不起，没有他的许可，我们不能随便告诉外人。”

“那能不能请你跟他说，我想见他？”

“当然可以，他认识你吗？”

殷希摇了摇头：“你就跟他说殷雅琦的女儿想找他。”

“好的。”李小姐又露出笑容，说，“我不打扰你们了，有什么问题，你可以到办公室来找我。”

李小姐走后，殷希在老人身旁坐了下来。

老人依旧盯着她看，喃喃说着：“心慧，乖，爸爸等会儿买糖给你吃喔，乖，好乖。”

原来那个叫心慧的人是外公的女儿！殷希急切地说：“外公，我不是心慧，我是殷希，雅琦的女儿，你看清楚啊！”

老人的目光愤怒了起来：“你看，雅琦又考得一塌糊涂，她啊，要是有你一半好就好了！”

殷希愣住，一时间不知该如何回应。

老人继续说着：“心慧最乖了，雅琦真不像话，我怎么会有那样的女儿呢？”

“外公，我是希希。心慧在哪儿呢？”

“心慧乖，心慧最乖了。”

老人反反复复说的都是那几句话。他不说话时，眼神就呆滞起来，傻傻地望向远处的窗口。

殷希也默默地看着他。

外公为什么那么不喜欢她的母亲雅琦？同样是女儿，他为什么那么偏袒心慧呢？如果能够找到心慧，或许就能找到她想要的答案，问题是心慧又在哪儿呢？既然外公那么疼她，她为什么都不来看他呢？殷希的心中有一连串的疑问，却没有人能回答。

窗外暗了下来，黄昏正蹑手蹑脚地爬进房来。太阳矮矮地挂在枝丫上，殷希透过疏密的林叶，看到天空正笼罩在渐渐消退的红晕中，整个山区被暮色涂上一层神秘的光晕。她的心比窗外的暮色更深沉，一种难以抗拒的孤寂随着暮色向她袭来。

旅馆里的冷气轰轰作响，扰得殷希难以入眠。关掉冷气后，热气随即涌上，殷希试着打开窗户，窗台却像被钉死了似的，怎么也打不开。她索性放弃了，心想，在这狭小得只能摆下一张单人床的空间里，就算把窗子全部打开，也不会感觉到一丝活气。她无力地躺在床上，不一会儿又出了一身湿汗，她只好又打开冷气，忍受那轰隆作响的运转声。

她呆坐在床边，望向外面，窗外是一幢大楼的背部，铁窗参差不齐，排油烟管像一个个黑色的枪口指向她，让她觉得更加烦躁。

她突然好想念英国的家里的那几棵大树。

那一株株参天古树遮云蔽日，在院子上空撑起了一把把绿色大伞，不仅挡住了英国的阳光，也隔离了周遭的人事。那里就像母亲的隐藏之所，也是她童年的监狱，除了购物和上学以外，她们很少外出。

古屋里的童年很寂寞，她却找到了些乐趣。夏日的午后，她会拉着母亲在院子里跳舞，风会为她们拨开浓密厚实的树叶，让灿亮的光线从空隙中洒落下来，在地上投下耀眼的光柱。那些光柱就像探照灯，点亮了她晦暗的童年，让她进入了一个梦幻的世界。她可以花一整个下午的时间，追逐着那些光柱，像在玩跳房子似的，从这一格跳到那一格，乐此不疲。

当深秋枯叶落尽后，她才能看到枝丫外的湛蓝天空，才能看到小屋后那片广袤的田野，和那一池清澈的湖水。尽管深秋的光线被老树的枝丫切割得七零八落，温暖的阳光也被它捣得碎碎烂烂，她还是觉得开心。她喜欢宽敞、开阔的感觉，不像母亲老喜欢躲在屋子里。

母亲从事珠宝设计，除了工作上必要的接触、到市场购物外，她活得像个隐士。她曾问母亲："你为什么没有朋友？"

母亲神情肃穆地说："我不需要。"

她又问："你不觉得无聊吗？"

母亲摇头说："不会。"

她抿着嘴说："可是我会！"

母亲又说："当你习惯后，就不会觉得了。"

她从来没有习惯过，特别是上学以后。她喜欢和人在一起，喜欢被很多人围绕的感觉。她不懂母亲怎么就受得了一个朋友都没有呢？有一天母亲再次说出相同的话时，她便把从老师那儿听到的一段话搬了出来："亚里士多德说，'朋友是促使彼此更好、更健康的人，你不可以没有朋友。'"

母亲盯着她看了一会儿，若有所思地说："你们老师有没有提过叔本华说的话呢？"

"他是谁？"她问。

“一个德国哲学家。”母亲眼中的光芒就像洒落在院子里的光束，令她着迷不已。

“他没有朋友吗？”

“没有。”

母亲接着说起了叔本华著名的刺猬寓言：

> 在寒冷的冬天里，一群刺猬聚在一起取暖，却被彼此的刺弄得不舒服，于是又分散开来。分散了的刺猬忍受不了严寒，再度聚集起来，很快地又因为过多的刺而分开。他们在聚和离的两难间来回走动着，直到找到适当的距离才安定下来。

“人和人之间的关系不也是一样吗？”母亲为故事下了个结论。

“可是人的身上没有刺啊！”她反驳道。

“等你再大一点，你就会发现人的身上有许多看不见的刺，比刺猬身上的刺还尖还利。”

“可是我还是喜欢和人在一起。”

“等你受了伤，就不会这么觉得了。”

她在十岁那年，第一次尝到被好朋友背叛的滋味。她最要好的朋友安妮竟然把她最糗的一件事，告诉了她喜欢的男孩彼得，她气得不再跟安妮说话。但那并没有改变她对友情的渴望。

从家里到学校虽然只有几分钟车程，却让她的生活从阴暗切换到光明，从孤寂转换为热闹。她喜欢和同学们玩在一起，同学们也喜欢她。有了朋友，她的生活光鲜了起来，相对的，烦恼也紧随而来。

“你怎么可能没有爸爸，每个人都应该有爸爸的。”有一天莎拉对她说。

“我当然有爸爸啊！”她噘着嘴，一脸的不服气。

“那你爸爸在哪儿？”罗丝问。

“他是不是跟你妈妈离婚了？”莎拉自以为是地说着。

“就算离婚了，也应该回来看你呀！彼得的爸爸跟他妈妈离婚了，每个月还是会带他出去玩。”

殷希哑口无言。

“也许你爸爸根本不知道有你这个孩子，就像电视里演的一样，有的女生怀孕了，却没有告诉她的男朋友。”

“也有可能是你爸爸死了，你妈妈怕你伤心，所以没告诉你。”

“还是说，你爸爸做了坏事，被关在监狱里？”

……

上了小学后，她比以前更常问起父亲的事，可是母亲还是那句话，等她十八岁时自然会告诉她。那天回家后，她不肯罢休，口气很冲地问：“我爸爸死了吗？”

母亲冷冷地说：“在我们约定的日期到来之前，我什么也不会说。”

你可以不说，却无法禁止我问。殷希心想。“为什么我跟着你姓殷，我爸爸姓什么？”

“到时候你就会知道了。”

“他一定不知道有我这个孩子吧？不然他怎么都不来看我？”

“不是你想的那样。”

“他一定有家庭，所以才会对我不闻不问，是不是？”

“不是你想的那样。”母亲还是那句话。

“那么，他是个杀人犯，现在被关在监狱里，所以不能来看我。”

“不是你想的那样。”母亲又说了一次。

“啊，我知道了，我爸不是杀人犯。”她故作兴奋，“他是个黑社会大哥！他怕仇家找到我们，所以把我们藏在英国，对不对？”

“我再说一次，不是你想的那样。”母亲平静得不带一丝情绪。

她像侦探似的打量着母亲：“以你的气质，不太可能跟黑社会的人来往。我猜，他一定是个有头有脸的人，如果不是企业家，就是政治家，或是教授。不然光凭你的工作，我们怎么可能住在这么好的房子里，过这样的生活？一定是他给你的钱，他用钱把我们藏起来了，对不对？”

“如果你觉得这么想会舒服一点儿，我没意见。”母亲不再理她。

她最恨母亲这种冰冷的态度，愤怒地大喊着：“你一定是第三者，是破坏人家家庭的凶手，还是你做过什么见不得人的事，所以不敢告诉自己女儿真相？”

母亲的脸色一片惨白，双唇颤抖着，转身走开了。

母亲的冷漠，让她愤怒，也让她不解。

她常像个陌生的旁观者，默默审视着这个与她相依为命的女人。岁月的沧桑并没有夺走她的风韵，依然苗条的身材，散发着成熟女人的魅力；秀丽的面容，让人看不出她的年纪。特别是她的眼睛。那对眼睛就像一池黑色的水井，神秘而幽深，只要看她一眼，整个人就会被它们吸进去。她很羡慕母亲有一对美丽的眼睛，可是她并不想拥有那样的眼睛，因为那眼睛太深沉，也太幽暗，她甚至有些讨厌那对眼睛，幸好她的眼睛和母亲不同。

从窗口斜射进来的光，无力地落在她的身上，像在拥抱她，抚摸她，也像在嘲笑她，挤压她。她茫然地望着惨白的天花板，一种身在异乡的寂寞正在啃噬着她。她不懂，像母亲这般绰约多姿的女人，为什么要过着这么忧愁、压抑的人生？

她隐约记得母亲以前并不是这么封闭的。母亲的话虽然不多，却会对着尚不懂事的她诉说心事，说到哀伤处，总是泪水涟涟。当她懂事了，可以分担母亲的烦恼了，母亲却宁可把愁苦担在自己单薄的肩上，也不与她分享一点点忧愁。她望着母亲的照片喃喃说道："你到底是一个什么样的人呢？你为什么要这么折磨我呢？"

母亲那深沉的目光再度抓住她，她生怕再掉入无底的回忆深渊，伸手将照片盖了起来。少了母亲的陪伴，她觉得好孤独、好寂寞。

为了撇开浓烈的孤寂，她扭开床头灯，按下电视遥控器。

她的目光被屏幕上的一个男人吸引住了。那是回放的政论节目，三个来宾在主持人的引导下，进行激烈的辩论。其中一位来宾造型时尚，双眼犀利，沉着的神态显露出中年男人的成熟韵味。他口才一流，引经据典地论述着。殷希弄不懂他们到底在争论什么，却被他的风采吸引。

那个节目结束后，她随意转换频道，心思也跟着飘动起来。听着从电视里传来的言谈，她突然感谢起母亲，如果当年她没有以强硬的态度逼她学中文，此刻她要在这个陌生的文化背景里，实现她十八岁倒数计时的计划，恐怕难上加难。

母亲的英文不错，却坚持用中文跟她说话。不只如此，母亲还送她到中文学校上课。上了小学后，英文成了她主要的语言，她开始排斥上中文课。十一岁那年，母女俩还为此闹了一场。

她叛逆地说："莎拉都没上，我为什么要上。"

母亲说："我不管莎拉上不上，但你，一定要上。"

"为什么！"

"因为那是你的母语。"

"莎拉的妈妈是中国人，她为什么可以不上？"

"她上不上是她的事，你一定要上。"

殷希眼珠子一转，出其不意地问道："我爸爸也会说中文吗？"

"他当然会，他是……"母亲发现自己说多了，及时闭嘴。

殷希觉得自己快要晕倒了，激动地问："他是什么样的人，请你告诉我好吗？求求你。"

母亲避开她的眼神，冷冷地说："在我们约定的日期未到之前，我是什么也不会说的。"

母亲什么也没说，那天她却像攻下一个据点似的开心地手舞足蹈。她猜想着，说不定她的父亲只会说中文，所以母亲才逼着她学中文。从那天起她不再抱怨，还认真地读着母亲不知从哪儿找来的中文书。她在心里默默告诫自己，一定要把中文学好，将来才可以跟父亲交谈。

她盯着电视，听着节目里的人侃侃而谈，心里却愁苦起来，尽管她的中文足以在这里运用，她却一点儿线索也没有，要找到父亲，宛如大海捞针。

她不由自主地发出一声长长的叹息。

Chapter 03

等不到夏思浩的回复，殷希的信心开始瓦解，也慌了起来，她茫然地在市区里胡乱逛着。

柏油路贪婪地吸吮着漫溢四射的阳光，她感到双脚越来越热，仿佛粘上了融化的沥青，重得抬不起来。

这个城市里有母亲的青春年华，有她想知道的秘密，她却不知从何着手。

城市里来来去去的人群，热闹喧哗，和喜欢隐藏的母亲多么格格不入啊！她开始怀疑母亲幽静的性格不是天性，而是受到某种打击后才改变的，而这个打击一定和她想知道的秘密有关。母亲虽然从未提起往事，眼神中却透露出她曾经深爱过，也被爱伤害过。伤害她的那个人会是她的父亲吗？是因为这样，母亲才不肯对她说吗？如果不是，母亲对父亲又是什么样的感情呢？

这些年来母亲从不与异性往来，她也几乎忽略了母亲的性别。当她心怀委屈时，母亲的胸膛成了她的避风港，使她免于灾难；母亲的决绝也是她泪水的发源地，她的忧愁，她的喜怒，全都从那儿而来。母亲是温柔的母亲，也是强大的敌人。母亲给了她爱，也给了她无尽的忧愁。她究竟是一个什么样的女人呢？

殷希需要一个倾诉的对象，却找不到一个可以说话的人，来来去去的人群凸显了她的孤独，让她更无依无助。最要命的是，往事就像空气中蒸发不掉的水分，搅得她心烦意乱。她想甩开那些扰人的记忆，它们反而更紧密地包围着她。

她此刻的心情就如同几年前，她决心不再提父亲的事，母亲却闷声不响地在日历上加注了等待的数字。当两千七百三十五天这个数字映入眼帘时，她当场哭了起来。她质问母亲："你为什么不肯放过我呢？"

"因为我也在倒数啊！"母亲的冷漠令人生畏。

"那是我的十八岁倒数计时，跟你有什么关系？"

"我活着就是为了等待这一天！"

"我不懂。"

"到时候你就会明白的。"

两千七百三十天，两千七百二十九天，两千七百二十八天……

她像一个被判了刑的犯人，不管她愿不愿意，都得默默地坐在母亲为她筑起的牢笼里，看着日历上的数字以它惯有的速度前进，看着它在漫长而不耐烦的等待中逐渐递减。

那一阵子她总是胡思乱想，想着父亲舍弃她的各种理由，凡是想得到的，她都会紧跟着编出一套故事；她还幻想着父亲突然出现的情景，幻想着看到父亲在报上刊登广告找她的消息。她曾想过，她的父亲或许是个公众人物，母亲为了保护她才不敢让她曝光；她也想过，母亲可能受到家暴，才不敢让她跟父亲见面；

也有可能是为了报复父亲，才会百般折磨她。她就像个编剧，想象出各种可能的情况，甚至连电视里最荒诞的剧情都被她一一套在了自己身上。

不管是哪种情节，最终的结果都会是：父亲找到她，以最温柔的语气、最痛苦的表情跟她说，他多么想她，他要用余生之力来呵护她、弥补她。可幻想毕竟是幻想，她知道她和父亲不可能意外重逢。要找到他，还是得通过母亲。她也懵懵地感到，她的十八岁倒数计时后不会是个欢乐的结局，因为她已经察觉到母亲对父亲怀着很深的恨意，母亲故意吊她的胃口，故意折磨她，也都源于那股恨。

她不想成为母亲报复的工具，也不想成为她发泄恨意的出口，当倒数计时进入两千天时，她决定向母亲挑战。

“我不会再随你起舞，我要忘掉十八岁倒数计时。你爱怎么样，随便。”

“你做不到的。”

“我可以的，没有爸爸又怎样？我们班上有好几个同学都是单亲家庭，他们没有爸爸不也活得好好的吗？”

“但你跟他们不同。你放不下的。”

“那就走着瞧。”

她真的下了决心，却抗拒不了母亲的诱惑。母亲冷漠的眼神中掺杂着一种莫名的愧疚、怜惜和恨，那种眼神牵绊着她，让她着迷。母亲是她生活中最亲密的人，她却对她一无所知。母亲控制着她的喜怒，挑逗着她的情绪，她越大越觉得，跟她一起生活的这个女人不是她的母亲，而是她的敌人。

当青春期的荷尔蒙大量分泌时，她变得狂乱暴戾。当她第一次说出脏话时，母亲只是脸红，并没有阻止她。之后她更加猖獗，每次开口仿佛不带点脏字，心里的痒处就无法止住。

中学二年级时有一门作业，是关于探寻“我是谁”主题的，她逮到机会把作业摊在母亲面前，问：“你觉得我该怎么写呢？”

母亲依旧是沉默以待。她暴躁地吼着：“你不告诉我，我就不写，我就不交。”

从此以后，她真的不再交作业，成绩变得一塌糊涂。学期结束时，她吊儿郎当地说：“今年走了狗屎运，没留级，明年可不一定喔！”

她想激怒母亲，母亲的口气却平静得像个不相干的人，只说了句：“那是你的人生，将来不要后悔就好了。”

她心中的怒火顿时爆发：“我的一生早就毁在你手上了。你不知道吗？”

母亲的脸因痛苦而扭曲着，她知道她触动了母亲脆弱的一面。母亲虽冷漠，却不是不爱她，母亲的爱很隐晦，充满着矛盾。有时候她会以慈爱的眼神看着她，有时候又含着恨。有几次她看到母亲眼中含着泪光，似乎想和她和解，想妥协。她也累了，无力地说：“算了，我们别再提这件事。忘了它，好不好？”母亲默然无声，她以为母亲同意了，没想到几天后的夜里，母亲跑进她的房里，将她叫醒，对着睡眼惺忪的她说：“你还有一千八百五十二天。”这样的情况发生过好几次，她几乎要崩溃了。

她看着母亲痛苦的样子，柔声说着：“你就告诉我吧，不管多么难堪，我都不会看不起你，也不会离开你的。我保证，我只想化解我们之间的心结，至于你的过去，我不会在意的。我发誓。”

母亲冷冷地看了她一眼，发出一声长叹，转身走进房里。

“我就知道你一定做了什么见不得人的事！”她在母亲背后吼着，“你尽管折磨我吧！等十八岁倒数计时结束，你就再也控制不了我了，我会离开你，跑得远远的，我再也不想见到你了。”

当时她说得多么豪气，等母亲离开后，她才知道生活中少了她，是多么难以忍受的一件事。

她和母亲的关系虽然是剑拔弩张，却又紧密相依。她从小对奶制品过敏，母亲亲自为她烹调各种食品，悉心照顾她的身体。她八岁那年生了一场大病，母亲不眠不休地在医院照顾她。她出院那天，病房里的护士对她说，她有个天底下最好的母亲。她常想，如果不是为了那个秘密，她跟母亲之间应该可以相处得很融洽，母亲或许也会快乐一些。

她问自己，究竟是什么样的事，能让一个女人过得这么隐晦，能让一个母亲如此折磨自己的孩子？

阵阵的口号声把她的思绪拉回到街上，她注意到远处好像有什么活动，就不由自主地朝那群人走过去。

热气不停袭来，她却觉得手脚冰冷，冷汗不停从背部滑下，全身黏糊糊的。她走着走着，突然感觉一阵晕眩，还来不及抓住什么东西，眼前一黑倒了下来。她隐隐听到很多人的声音，有人好像说：“快点叫救护车。”也有人说：“快让她躺平。”

她并没有真正晕倒，只是一时晕眩。她睁开眼睛，看到了一张张关切的脸。

“你要不要紧？”

“怎么了？哪里不舒服？”

她挣扎着坐起来，虚弱地说：“我没事。”

她想站起来，一个穿着背心的中年男人却示意她别动，然后对身旁的人说：“还是送她去医院吧！”

“不用了，我没事了。”她说，这时她才发现周围的人都穿着和那个男人一样的背心。背心上写着一个好大的2，下面是“请支持曹立昆”几个字。

她想站起来，一阵强光刺入她的眼睛，她本能地闭上眼，依然感觉到闪光灯闪个不停，还夹杂着一个男人的声音:“曹‘立委’，扶着她，靠近点，再靠近点。”

当她再睁开眼，才注意到人群里有好几个人扛着巨大的摄像机。

拍完照后，那个男人一脸关切，转身对身旁一个女人说：“你送她回去吧！”然后又对她笑了笑，“回家以后好好休息。”她木然地点着头，看着他走进人群里。

她的目光随着他背心上的“曹立昆”三个大字在人潮中浮浮动动。她突然记起那张脸，他不就是前几天在电视上看到的那个人吗？

“他们在干什么呢？”她问扶起她的那个女人。

“扫街拜票啊，这个星期六就要投票了，你不知道啊？”

殷希摇了摇头。

“现在的年轻人太不关心时事了，记得喔，要去投票，投给2号曹立昆。”

殷希依然一脸茫然，目光飘向曹立昆。他已经站上宣传车，宣传车队也跟着移动起来。“‘立法委员’候选人曹立昆在这里向大家问好,敬请支持2号曹立昆……”广播声再度在空气中飘飞着。

他本人比在电视上好看，身材颀长但不干巴，看上去不到五十岁，有种底蕴十足的温情和魅力。他那镇定自若的神情给人一种宗教般的超然性，眼中所散发出的理性光芒，好像足以让选民深信他是一个值得信赖的朋友，而非一般的政治人物。

台湾这个地方居然有这么迷人的政治人物，她不由得看傻了。

竞选团队走后，城市又陷入了沉闷中，那闷热而不流动的空气再度袭击着她。她觉得快窒息了，决定到海边走走。

海的气息弥漫在空气中，她走进一家咖啡厅，独自坐在一个可以看到海的角落。咖啡厅里的乐声缠缠绵绵，悲悲切切，倒是很符合她此时的心情。她注意到对角的一张长桌前坐着一个年轻人，他也是独自一人。他原本专注于电脑的屏幕，当他们的目光不经意地交错后，他开始频频向她凝望。她多么渴望与人谈谈啊，但矜持让她转移了视线。她四处张望着，就是不朝他的方向。

一会儿后,她从眼角余光看到他收起笔记本电脑,然后站起来。他要走了，她有种淡淡的失落，目光随着他的背影移向柜台。

她以为他在结账。然而出乎意料的，他回过头，径直朝她走了过来。

“我可以坐在这里吗？”他问道。

他不等她响应，径自坐了下来。

她纳闷着，是台湾的男生不懂得尊重女生，还是他特别霸道？

“我注意到你的杯子空了，又替你叫了一杯。天气这么热，你应该不会介意多喝一杯可乐吧。”他咧着嘴笑。

她回以淡淡一笑，趁服务生送来饮料时，瞄了他一眼。

他脸部的线条很突出，就东方人的比例来看，算得上英挺。他的下巴过于宽阔，但挺拔的鼻子和明亮的眼神，足以弥补这一缺点。他还拥有一副好嗓子，温润而有磁性的声音仿佛是从黑管流泻出的旋律，比咖啡厅里的音乐还悦耳。

“你看起来好忧郁，是不是遇到什么难过的事？”他问道。

杯子在她长长的指间摇动着，冰块撞击着玻璃杯，荡出悦耳的叮当声。

“你一向都是这么直接吗？”她的语气充满了防御的味道。

“不，是你真的太悲伤了，如果你去照镜子，一定会发现你的整张脸都湮没在一种无法形容的哀伤中。如果你愿意说的话，我会是一个很好的倾听者。”他的眼神温柔得让人难以拒绝。

她想说不，可是一开口，心中的哀愁竟源源而出。她需要倾诉的程度超过她的想象。她娓娓道出只身来台湾寻亲的遭遇，越说越激动。

“没有爸爸不是什么可悲的事，我的同学中也有不少是来自单亲家庭，她却把我搅得狂乱暴躁。她的嘴闭得紧紧的，眼睛却一再地引诱我，每当我看到她那种混杂着哀伤、愧疚和仇恨的眼神时，我的心就会狂跳起来。我没有夸张，也没有看错，我真的在她的眼中看到了恨。我不知道她是恨我，还是恨我的爸爸。她用冷漠当防卫，用秘密当武器。她不像是跟我相依为命的人，反倒像个陌生的旁观者，她宁可看我痛苦，看我彷徨无助，也不愿意告诉我。你说她可不可恶。”

殷希说得咬牙切齿，仿佛母亲就在她眼前似的。“我从小就一直在等，等着十八岁的到来，当其他的女孩们叽叽喳喳谈论时装、谈论爱情和梦想时，我却只能默默倒数着，只能努力抚平心里的波澜。我心中的痛苦没有人理解，我也不奢望别人了解，我只求十八岁的到来，等到那一天，我得到了我想要的答案，我就会离她远远的……”她说着说着，往日的情景再度浮现在眼前。

时间在沉默中度过，日历上已经没有倒数的数字了，她的心里面却有一个比日历更精确的时间表。她像行尸走肉般过着倒数的生活，等待着谜底揭晓。等，等，等，她的青春岁月就在等待中慢慢地度过。

九百七十三天，九百七十二天……当她心中的那个时间表进入八字头时，她再度跟自己妥协了，心烦意乱根本没有用，不如耐心地等待，反正剩下八百多天了。她的心安定了下来，令人意外的是，她的母亲居然也没再提起。

她发现只要不提那个秘密，她的母亲是很平和的，也很迷人。她不知道母亲为什么要把自己弄得那么痛苦？她对母亲的种种表现充满疑虑，但她不敢问，她很怕一开口，那短暂的和平就会消失，她很怕再看到母亲眼中的痛苦和矛盾。

她们默默过着日子，她爱上了母亲的设计，有时也跟着做。当她做出自己设计的第一条项链时，她的母亲说了一句令她动容的话：“你比我有天分。”她兴奋地抱着母亲。

她的母亲似乎也被触动了，眼中含着泪光。

她看到母亲眼中的爱，没有掩饰，强烈得让她想一直拥抱她。但她不敢，她怕太张狂了，母亲会再度将自己隐藏起来。

在她十六岁生日的那天，母亲送给她一条项链。那是母亲花了很长一段时间才完成的，她感动得难以言语，紧紧抱着母亲。

她看到母亲眼中泛着泪光，而泪光背后是一种很复杂的眼神。母亲就这样看着她。

她太熟悉那样的目光了，一颗心怦然剧跳着。母亲又要提那件事了。她想逃开。

母亲终于开口："如果我跟你说了，你真的不会怪我？"

她抑制住心里的激动，故作平静地说："不会的，我可以发誓，不管你做了什么，我绝不会怪你的。"她的心堵上了喉头，差点喘不过气来。她耐心地等着，等着，等到的又是一声长叹。

她懊恼地说着："算了，你还是别说吧！在十八岁倒数计时还没结束前，我什么也不想知道。"

她的母亲叹了口气："也好，让我们好好度过最后这两年吧！"

在那段平静的时间里，她陷入了一种矛盾的情绪中，她渴望知道那个秘密，却又怕倒数计时结束那天，她和母亲间会再度掀起波澜。只要一想起过去那种剑拔弩张的日子，她就会胆战心惊，她再度跟自己妥协，不管将来从母亲口中听到什么令人震撼的事，她都不要怪罪母亲。

那段日子她尽量不去想十八岁倒数计时这件事，母亲也真的没再提起过。平静的生活让她以为已经从十八岁倒数计时的生命轨道中跳脱出来，直到母亲遇车祸身亡后，她才知道原来十八岁倒数计时已经深深地刻进了她的心里。

"那个撞到她的人说，她的车子从街口冲出来，快得令他措手不及，她怎么可以那么不小心！”她泪眼婆娑地说着，“她死了，还带走了我等了十几年的秘密，她真过分，真过分……”

说起母亲遭遇车祸身亡这段往事，她泣不成声。

“当警察打电话到学校时，你知道我有多惊慌吗？老师陪我到医院，在途中我几乎失去了知觉，我只听到老师的声音嗡嗡响，却听不见她到底在说什么。到了医院，我看到我妈躺在那里，一张脸惨白。我叫她，他们却跟我说她死了。她怎么可以这样！一句话都没说就死了，她怎么可以忘记我们的约定，她怎么可以在我的十八岁倒数计时结束前死掉呢？她太过分了，太过分了……”她的眼泪如断线的珠子滚滚而落。在一个初次见面的陌生男子面前哭泣，她知道自己失态了，可是她需要倾诉。

他很有耐心地听着，脸上的神情随着她的故事越来越悲沉。他想安慰她，却找不到任何语言，只能默默地看着她。

她一直说着、说着，直到无法言语只剩泪水时，她夺门而出。

他在背后喊她，她没回头，也不想回头。

回到住处后，她觉得自己刚才窘毙了，幸好对方只是个连名字都不知道的陌生人。

Chapter 04

殷希最后的希望落空了。李小姐转达了夏思浩的信函：

你一再提起的那个女孩，我真的不知道她是谁，我表姐殷雅琦多年前失联，据我所知，她并没有结婚，也没有女儿。她去看我舅舅，我无法阻止，但请你们务必小心，不要让她做出任何危害老人家的事，相信你一定听说过诈骗集团的作为，他们真是无所不用其极。小心。

想不到夏思浩将她当成了诈骗集团，殷希有点困窘，也慌了起来。

她再度回到海边的咖啡厅，期待再见到那个人，但他并不在那里。

她坐在那天的位置，看着海，心情就跟半年前听到母亲遭遇车祸的消息后，震惊地失去了所有感觉一般。

母亲过世后，她像被遗弃在大海中的孤舟，失去了动力，也失去了方向。她像一个机器人，每天重复着相同的动作：起床、上学、放学、上床。虽然学校的老师、同学们以及社工都相当关心她，她却感觉不到任何温暖。

有一天放学后，她茫然地走出学校，走着走着，不知不觉走到以前住的地方。母亲去世后，她才知道她向银行贷了不少钱，房子已经被银行扣押了。

庭院比往常更幽暗、潮湿。一股阴森诡秘之气向她扑来。她的目光穿过枯枝，停留在以前母亲的房间。房里的那两扇小窗乍看下像一对黑乌乌的大眼睛，正以一种凝视的目光看着她。她的视线忽然模糊了起来，小窗在泪光中逐渐扩大，母亲的身影也隐约浮现在泪光中。

"你怎么可以这样呢？你真可恶！"她捶着墙面，愤怒地说着。

泪水从脸颊滑落，小窗清晰起来，母亲的面容也消失了。

她走了进去，仿佛听见一声叹息从枝丫间飘了下来。她仰头张望，窗外繁茂的绿冠凋零了，苍穹支离破碎地裸露出来，光线黯然而朦胧。一阵风吹过，又带来一声叹息，她恼火了，不禁愤然喊道："你都死了，还这么神秘，你到底要怎样？"

她转身跑开，穿过树丛中的小径，直奔屋后的田野。她一直跑、一直跑，一直跑到湖边才停下。

她沿湖边走着，眼中涌出一阵阵的泪水。那泪光就像粼粼波动的湖水，在寒风中颤抖着。往事如潮水般涌来，这几年来所发生的大大小小的事，在她心头无形地扩大起来。

十七年的期待，等到的竟只是一个死讯。她想到悲惨的身世、无望的未来，委屈和绝望袭上心头，她的胸口剧烈疼痛，头也快炸开了。她多么渴望有个人来帮她分担，但她没有朋友。

母亲在时，上了中学后她不停地交男朋友，惹得女生都不喜欢她，有的甚至恶毒地批评她："殷希就像只花蝴蝶，每个男生都想沾。"男孩在她身旁来来去去，她并不是真心喜欢他们，他们只是她用来激怒母亲的工具。当她平静下来后，她才真心喜欢上一个来自台湾地区的男孩。

他叫徐徘英，是从台湾地区来的留学生。她从他身上感到了一种文化的亲切感，也满足了她对台湾的幻想，她喜欢用中文跟他交谈，喜欢听他谈起台湾的点点滴滴。徐徘英告诉殷希，他的母亲在台湾开了一家民宿，那是一个可以遥望大海的地方，那里有一片海呈现出青黄两种颜色，因此显得很特别，叫作阴阳海。

和徐徘英在一起时是她惨淡的少女时代最快乐的一段时间。可惜他们的恋情并没有持续太久。她需要他的关怀，却又受不了他的细腻。徐徘英越顺着她，她越恼火，两人的关系在她暗恋上教英国文学的希达尔老师后结束了。

她沿着光秃秃的湖边走啊走，目光依然停滞在湖面上。湖水也以狰狞的面目，冷冷地看着她，似乎要把她吞噬淹没。

"死"这一念头就这样毫无预兆地出现了。

十七岁的生命如含苞的花朵，她却像个奄奄一息的老妇。母亲违背了承诺，她无处抗议，也许"死"是一种最好的报复。这个念头让她的心狂乱跳动、手心冒出汗来，也让她的脊背一阵冰冷。

她闭上眼睛，在心里对母亲说着："你再也控制不了我了！"

她仿佛看到母亲惊慌错愕的表情，心中浮起一丝复仇的快感。

她深深吸了一口气，在心里和十七岁的生命道别。再吸一口，最后一口了。她用力地吸着，然后提起脚，准备跨入湖里。

这时，一个声音从身后响起："希希。"

她转过身，是沃尔太太，她家附近一家杂货店的老板娘。

沃尔太太不可置信地说着："我的天啊，希希，你怎么变得这么瘦，这么苍白？"

一个情绪化的决定，无意间被一个偶然出现的人打乱，殷希突然觉得好羞愧，立刻转身跑开了。

她边跑边想着，生死这么大的一件事，怎么会这么仓促就决定了呢？又怎么会这么容易就放弃了呢？她并不想死，却又无力面对未来。

她又望向大海，心里虽然低沉，却再没有了死的念头。幸好那天沃尔太太发现了她，不然她就不可能来到母亲的故乡，也不可能坐在这里了。那天跑离湖边后，一股反抗的念头再度从她心里萌发，她告诉自己不能就此妥协，也不能让母亲看轻她。母亲带走了她想要的答案,她可以靠自己的本事去找出来。诚如母亲曾说过的，那是她自己的人生。母亲走了，她得勇敢去面对自己的人生。

浪花滚滚而来，一波接着一波。她再度告诉自己，一定要找到那个答案，虽然现在她根本不知道该从何入手。

她环顾咖啡厅，依然没有那个人的身影。她离开咖啡厅往镇上走去。

她没有目标地逛着，走着，不知不觉来到一家电影院前。她的目光在海报上快速地浏览着，那都不是她喜欢的片子，她也没心情，但她还是买了票，她只想坐下来让自己隐藏在黑暗中。在入口处，她被一个年轻男子的目光吸引住，心中一喜，跨前一步，腼腆地说："这么巧，又遇到你了。"

那男子的眼中荡着笑意。"我们见过吗？"

他拿下安全帽，扯下口罩后，她才发现自己认错人了。那年轻男子的目光，就像她上次所见到的那双眼睛，专注而清澈，但眼睛以下的部位跟她所期待的那个人并不一样。

"对不起，我认错人了。"她尴尬地说着。

"你一个人？"那个人微微笑着。

她点点头。

"那就将错就错，一起进去吧！"那人轻轻碰了她一下。

她突然觉得厌恶起来，转身走开了。

街道两旁的嘈杂声掩盖了她的困窘。她笑自己天真，怎么可能再遇到他呢？虽说人生如戏，但在她的人生中却少了一位怀着善心的编剧，要再见到他的几率可能比中大乐透还低。经过垃圾桶时，她随手将电影票丢了进去。

她回到台北市区，夜幕已经悄悄降临了，月亮像被打上马赛克的圆球，隐隐约约，朦朦胧胧的，乏力地挂在天上。她孤寂地在街上走着，就在这时，徐徘英这个名字浮现在她的脑海中。

他还记得她吗？他说过他妈妈的民宿随时欢迎她，这话还有效吗？她管不了那么多，回到旅馆后，厚着脸皮给他发了封E-mail。

他的回复很快便来了。

希希，你在台湾啊！怎么不早说呢？两个多星期前我才刚回英国，要不然我们就可以见面了。

你想去我妈的民宿打工，没问题，她需要帮手。

我会跟她提的，你尽管去吧！

记得，薪水要高一点儿。放心，民宿的生意很好，她付得起的。

唯一要注意的，是我那古怪而敏感的妹妹，但愿你受得了她。

徐徘英的信就像一股暖流，她简直不敢相信自己读到的，一双眼睛死死地盯着屏幕看，泪水不知不觉模糊了视线。

她仰起头，意外发现，大大的月亮已经全都露出来了。

Chapter 05

殷希到达九份时，天空飘着雨。

脚下的雨滴稀稀落落的，发出清脆的回声。那声音温润得让人心事重重，想回忆点什么，或憧憬点什么。这样的天气很适合殷希现在的心情，和这个山城的调子。

徐徘英曾跟她提起过这个因淘金而繁荣、又因金矿耗尽而萧条的山城，当时她只是听听，没想到有朝一日会真的来到这里。

想起徐徘英，她的心低沉了起来，待会儿见到他的母亲，该跟她说些什么？她停下脚步，望着远处的山峦。

几个擦肩而过的观光客，以嘈杂的步履驱走了山城的宁静，也破坏了巷弄的神秘感。她想，喧哗一点儿也好，免得又触及自己胸中的忧愁。

她缓慢地走着，母亲的面容再度浮现在眼前。她那隐蔽的性格应该会喜欢这里，这里之前是否也有她的足迹呢？雨逐渐大了起来，滴滴的雨珠从发梢滴落下来，她的思绪也随着飘落的雨滴坠入沉寂了的岁月。她缓缓地走着，又一群旅客擦身而过，将她的思绪拉了回来，她的目光随着他们移动，转身看了一眼被抛在身后的老街，她下意识地加快了步伐，循着地址往“乔宁民宿”走去。

从民宿外观可以看出岁月的痕迹，却又有精心布置过的雅致。老屋古朴风雅，庭院里的花草扶梳，以一种人定胜天的姿态在风雨飘飞的山城里着地生根。徐徘英说过，他母亲手下的花草展现的不是美，而是一种强韧的生命力，这是否象征着他母亲的个性呢？她的目光在花草间游荡了一会儿，然后移向远处的大海。

海，真的离得很远。就像徐徘英说的，只能眺望。海与天的界线已被雨雾遮蔽，迷迷蒙蒙的，正如同她此刻的心情。但能见到海，总是令人愉快的。

她推开玻璃门，轻声问：“请问……”话还未说完，便听到一个中年女子含着笑说：“不好意思，我们今天客满了。”

薄薄的淡紫色柔纱汗衫随和地勾勒出女主人的曲线，白色的长裙上系了一条与上衣同色系的腰带。她就是“乔宁民宿”的主人，徐徘英的母亲。

“徘英说得没错，他有个美丽的妈妈。”殷希含着笑，尽量让自己看起来自在些。

“你是殷希？怎么不先打个电话呢？我让人去接你呀！瞧你，都淋湿了。”乔宁带着温暖的笑容将她迎进屋里。

“没关系，我还好。”殷希羞涩地说着。

“徘英都告诉我了，真是可怜，无依无靠，一个人跑到台湾来，我光听徘英说，心里就难过……”

还未坐定，往事就被提起，殷希感到有些不自在，打岔道：“我可以在这里打工吗？”

“当然可以，但我总觉得你应该回英国把高中念完……”

“别听她的，”一个声音打断乔宁的话，“十八岁倒数计时没完成，你会后悔一辈子的。”

殷希循着声音望去，那是个纤细、灵秀的少女，隐藏在幽暗的角落里，正透过墙上的镜子凝视着她。镜子里的她，白皙细嫩，黑黑大大的眼睛流露着哀伤的眼神，长发像一件柔软的披肩笔直地披落在肩上，与黑色的衬衫融为一体，散发着一种忧郁的气质，但那忧郁的神情抑不住风华正茂的青春，她虽然瘦，却玲珑有致，像正要绽放的花朵。

两个少女的目光在镜中交会，虽然只是短短数秒，两人却有种似曾相识的感觉，好像已经认识许久了。

“我也在进行十八岁倒数计时。”女孩说。

“你的目标是？”殷希一阵惊喜。

“上大学啊！很无聊吧！”女孩叹了一声，一股哀伤从脸颊倏然滑过，变成一股深沉的忧郁。“如果我也像你一样，有一段凄迷的身世就好了。”

“她啊，整天净想些不切实际的事，无病呻吟。你别理她。”乔宁说。

殷希瞟了女孩一眼，尴尬得不知该说什么。

女孩突然嫣然一笑，整个人像从深渊中跳跃出来似的，迈着轻盈的步伐朝殷希走过来。“你叫殷希？很好听的名字。”

“你的也很美呀！”殷希说。

“你知道我叫什么名字？”

“徘英告诉过我，你叫徘香。”

“那他有没有告诉你，我因为这个名字在学校里受尽嘲弄？”

“我看不出有什么不好。”殷希摇着头。

“你要是把徐的双人旁丢开，再念我的名字，就会变成了余（鱼）徘（排）香。从我上学的第一天开始，就有人拿我的名字开玩笑，左一句‘鱼排香’，右一句‘香鱼排’地叫。上了中学后，那些男生更可恶，只要到了第四节课，就会有人冲着我叫：‘肚子好饿，真想咬你一口。’天天被调侃，你说我还怎么专心念书呢？父母在替孩子取名字时，要是能谨慎一点儿就好了。”徘香的目光飘向母亲，里面充满了哀怨。

“我们可是花了不少心思才替你取了这个名字的。”乔宁急忙澄清：“徘香是一种很美丽的花，开在深山幽谷里。当时她爸爸给她取这个名字时，连算命的都说好呢！”

“我要是知道是哪个算命的说的，准去掀他的台。说什么我天资异秉，具有女状元的命格，偏偏我老考不及格，你说这像不像骗钱的江湖术士说的话？”

“自己不用功还怪别人，让你去英国读书，你又不肯，成天写些有的没的，你要再不打起精神来，准考不上大学。”乔宁瞅了她一眼，转头对殷希说：“希希，你就帮乔阿姨一个忙，替徘香补补英文吧！”

“好啊，只是我不知道怎么教？”

“不用教，你只要帮我写作业就行了。”徘香浅浅一笑，拉起她的手。“走，我带你去参观一下房间。”

徘英的房间素朴得就像他的人一样。乳白色的墙面上有一幅他的画像，大约十一二岁的样子。他眯着眼，咧着嘴笑着，纯真得像块未经雕琢的玉石。殷希不由得看傻了。

徘香凑了过来，在她耳边说着："他那个蠢样，居然能交到你这么漂亮的女朋友，真是不可思议。"

"我们早就不是了。"殷希突然红了脸。

"你离开他是对的，没有人受得了他。"徘香嫣然一笑，问，"你现在有男朋友吗？"

"没有。"她摇着头，心里却想起了在海边咖啡厅遇见的那个男孩。

"别急，爱情该来的时候，自然会来的。"

殷希淡淡一笑，默默地看着她。

徘香也瞥了她一眼："十七岁是个很特别的年龄。"她笑了笑，目光飘向远处，徐徐吟诵，"十七岁，是一个人刚懂得分辨什么是'喜欢'，什么叫作'爱'的年纪；十七岁，也是一个人对爱情最真诚，最执着的年纪。如果你在十七岁爱上一个人，请不要看他的脸，因为你得用一辈子的时间去遗忘他。"

殷希在心里咀嚼着她的话。

徘香以一种庄严的表情说着："这是我对十七岁爱情的向往，我要以最虔诚，最庄严，最热烈的心来面对我的爱情。我相信我的十七岁爱情就快来了，特别是在认识你之后。"

"你的十七岁爱情跟我有什么关系？"

"我有预感，你会为我带来好运。"徘香向殷希靠了过来，随意地抚着她的肩膀。然后又灿然一笑，那种笑带着几分诡异，让殷希不知如何应对。

这时，门外传来一阵呼喊，徘香退了一步，说："我的朋友欧阳阳来了，我介绍你们认识。”

她打开门，迎进来一个女孩。

那女孩有一张圆圆的脸，短短的刘海儿，齐肩的卷发下有个微胖的身子，属于那种需要多看一眼才能留下印象的女孩。为了突显自己，她花了不少心思在装扮上。浓浓的眼影、长长的假睫毛，和永远跟着流行却不太合时宜的服装，让她看起来像幅三流画家的作品。

她瞄了殷希一眼，低声说了声：“嗨。”

殷希则以微笑回应。

徘香说：“这是我的好朋友欧阳阳，你叫她欧阳就行了。她就像一朵向日葵，不但对朋友热情，遇到喜欢的男生更是铆足了劲儿，不管是上山下海，她吭都不吭一声，只管紧紧抓住。”

“我哪有呀？”欧阳阳羞涩地扯着她的手臂。

“还说呢！去年你喜欢上一个田径选手，你明明不喜欢运动，却为了他整天在田径场上奔跑，腿都差点跑断了，我没说错吧！还有一次，你喜欢上一个爱钓鱼的男生，每个星期天都陪他在河边坐上一整天，两条腿被蚊子叮得像红豆冰一样。爱一个人有必要这么辛苦吗？”

欧阳阳并没有因徘香揭了她的老底而懊恼，反而笑眯眯地说：“喜欢一个人，就得想办法营造一些共同的兴趣和话题呀，不然爱情要怎么维持呢？”她瞄了一眼殷希，补充说，“我只是积极一点儿而已，别以为我是个随便的女孩！”

殷希笑了笑。

“她才不会被我的话误导呢，对不对？希希。”徘香笑说。

殷希再度一笑，摇着头。

欧阳阳还是一脸尴尬，低声警告徘香：“下次不许再这样说我了。”

徘香依然笑着：“我要不这么说，人家怎么会记住你这长相平凡的女孩呢！”

欧阳阳白了她一眼，体贴地对殷希说：“快把湿衣服换下来吧，免得感冒了。”

“瞧，她就是这么体贴，哪像我只顾着说话。”徘香将欧阳阳带往门外。“希希，你换衣服吧，不打扰你了。”

殷希含笑致意，门关上前，听到欧阳阳兴奋地说着：“我跑去找他了……”

殷希退回房里，弯身打开行李，却又因隔壁传来的笑声停住。

那笑声洋溢着青春的音符，如果她没有被带到英国，此刻的她必然也像徘香和欧阳阳一样，散发着台湾地区少女的风华。那是一种地域文化的养成，不是拥有相同的血液就会自然成形的。

她突然害怕起来，就算让她找到父亲，在他眼中，她会不会只是个陌生人呢？

Chapter 06

山城的气候清爽多了，虽然常下雨，却不那么燥热。殷希很快地适应了这里的工作和生活，就连性情古怪的徘香，都让她觉得有某种难以抗拒的魅力。

她很想多了解一下这个敏感多愁的少女，却又怕跟她靠得太近。徘香拥有一对和她母亲一样忧郁的眼睛，性情也有些相似。她心情好的时候，就像个贴心的小天使，对殷希关怀备至；心情不好时，则对殷希爱答不理，那反复无常的性格让殷希感到害怕，却也被深深吸引。

“没有我的允许，谁都不可以进入我的房间喔！”有一次殷希在徘香的房门口碰到她，徘香像开玩笑，又像警告似的说了这么一句话。那句话更加触动了殷希的好奇心，每次经过徘香的房门时她总会不由自主地放慢脚步。那房间总会让她想起母亲的卧房，仿佛里头隐藏着什么秘密似的。

这一天殷希终于得以进入徘香的房间。她怀着忐忑的心情扭开门把，房里一片乌黑，除了地板和天花板，一切都是黑色的，黑色的墙、黑色的床、黑色的衣柜、黑色的桌椅，连窗帘和门也都是黑色的。更令她感到吃惊的是，面对门口的墙上挂着一面布满裂纹的大镜子。殷希缓缓地走向它，盯着那面破碎的镜子看。

镜子里的少女有张消瘦清秀的脸，头发隐没在房间的黑暗中，隐约看出幽暗的颈项。她喜欢长发，可几年前为了和母亲赌气，一剪刀剪短了，从此未曾让发长过肩。她的眼睛并不像母亲那般又大又黑，却天真明亮。她嫌自己的眼睛不好看，却又庆幸自己的眼睛和母亲不同，她讨厌母亲那双总是带着忧伤、闪躲、混乱和压迫光芒的眼睛。可是此刻，她却看到镜中少女的眼中竟也溢出了相同的目光。

“你眼里散发出来的光晕，到底是来自天堂还是地狱呢？”

徘香的声音从黑暗中传来，她如幽灵般飘进镜里。

“你没上学？”殷希猛然回头，急忙解释，“是乔阿姨要我进来换床单……”

“我已经告诉过她几百次了，换不换床单是我的事，不劳她费心！”徘香走到她身后，面对着那张布满了裂痕的镜子。她用尖刺般的眼神看着殷希：“她派你来查探我？”

“怎么会呢？”殷希本能地往后退了一步，“对不起，我不该擅自进来的，我现在就出去。”

“你知道我为什么不丢掉这面镜子吗？”徘香没理会她。

殷希停下脚步，回过头，看到镜中的少女自怜地端详着自己，悠悠地说道：“因为这是一面魔镜！”

“魔镜？”殷希觉得自己快喘不上气来。

徘香笑了起来：“是的，不过不是《白雪公主》里的那面，它不会告诉你谁是世界上最美丽的女人，可是它会呈现最真实的你。”

徘香望了殷希一眼，随即又转向镜子，用手梳理着长发，哀怨地说着：“每当站在这面镜子前，我总会看到一串破碎的珍珠从镜中少女的眼中流出，那是十四五岁时的我，是我的生命中最悲惨的一段岁月。”

“我也有过一段很混乱的日子。”

“是吗？”徘香透过镜子瞄了她一眼，“不会比我糟的，那时候的我就像疯子一样，一会儿哭，一会儿笑，没有人受得了我。”

“是吗？”殷希重复着她的话，双眼盯着破裂的镜子，她看到了两个哀愁的少女形象，交错在镜中。“怎么会破成这样呢？”

“被我砸破的。我一直没丢掉它，是因为破碎的裂痕可以照出各种不同角度的我，特别是我感到迷惘时，这面镜子始终会呈现出那个最真实的我。”

殷希看着镜子中的徘香。破裂的镜片将她切割成好几块，她的脸上好忧郁、好孤独，眼中散发着一股甩不开的愁雾。徘香也望着镜中的她，哀戚地问道：“告诉我，在你最狂乱的那段日子里，你做了什么？”

“抽烟、喝酒样样来，男朋友换过一个又一个。我想借由堕落来麻痹自己，可是在一阵狂乱、孤独后，寂寞开始反扑，它们来势汹汹，我不知道怎么面对，也不知道该怎么排解，只好再麻醉自己。”从镜子的裂痕中，殷希仿佛看到了自己当年困顿的模样。

“当时大家都不懂我为什么会那么执着，不过少个爸爸吗，没什么大不了。我的同学罗莉还说，她的爸爸成天看不到人，只要他在家就会弄得大家心情不好，她说没有爸爸并没有什么不好，要我别再纠缠了。我其实也不想穷追猛打，如果不是她一再诱惑我，我真的会耐心地等到十八岁。”

“她？”徘香的尾音上扬，“你是说你妈？”

“嗯，她不肯说，却一直挑逗我。她不让我喘息，也不肯让我过平静的日子。她那种偏执的样子让我觉得，她比我更在意我的十八岁倒数计时，好像那才是她活着的目标。”

“我要是你，铁定会疯掉的。”

“我的确快被她逼疯了。我曾想过要离家出走，想把十八岁倒数计时抛到脑后；我也想过以其人之道，还治其人之身，像她一样生个父亲不详的孩子，但每到关键时刻，我就会刹车。我恨自己没种，不够狠。我拿她没办法，只好跟自己妥协，等十八岁倒数计时一结束，得到了想要的答案后就要走得远远的。我再也不想跟她共处在一个屋檐下。”

徘香的眼中露出一种迷人的光。“我也这么想过，考上大学后我要走得远远的，再也不要回来。”那晶亮的眸子随即又蒙上一层愁雾，伴随着一声轻叹，“你解脱了，我还在苦海中。”

“并没有。”殷希叹了口气，“她走后，我反而陷得更深了。从我懂事以来，我便知道一件事，我跟她的命运是纠缠在一块儿的，我恨她，却又不能没有她。她似乎也恨我，却又是爱我的。当我们体会到这一点时，我不再和她争吵，她也放手了，我们过了一段平和的日子。没想到她竟然遗弃了我。”

“你是说车祸吗？那怎能怪她呢？”

“那当然怪她，她怎么可以那么不小心呢？”殷希望着镜面，那一道道交错的裂痕，就像是她心里的伤痕。她无力地说道，“她既然承诺了，就应该做到，不是吗？她明知道我在等什么，却无声无息地走了，那种感觉就像被人从背后捅了一刀，你知道有多痛吗？”

“我知道。”徘香嗯了一声，一对目光像聚光灯似的凝聚在殷希身上。

“她死了以后，我就像一艘被丢在海里的孤舟，狂乱到了极点，我不知道该往哪里去，也没有力量去任何地方。她不只带走了我想要的答案，也带走了我活下去的动力。”殷希满脸怒气，映在交错的镜面中的脸显得极为狰狞。

“那你怎么会来台湾呢？”徘香轻轻挪动身子，靠向她。

“那一次在湖边，我并不是真的想自杀，我只是太绝望了，也可以说是一时冲动。沃尔太太叫住了我，我羞愧地跑开了。等我冷静下来后，我骂自己笨，我问自己，为什么要寻死，为什么不反击？那时我想通了，唯有反击，才能找到出路。她把我要的谜底带走了，我要靠着自己的力量去把答案找出来，而且是在十八岁倒数计时之前。”

徘香被殷希眼中的决绝吸引住了，那是她所看过最美丽的眼神。

“我在她的遗物中找到她的台湾身份证，我不知道身份证上的地址是不是就是外公外婆住的地方。而且过了二十多年，那个地址是不是还在。我很犹豫，我跟社工说明我的计划，她也鼓励我，但希望我完成高中教育后再回台湾，我当然知道那是最理想的做法，但我等不了那么久，我甚至担心过了倒数计时的期限，我的决心就没了。就在我犹豫不决时，我的同学莎拉拿出她所有的零用钱，跟我说：‘去吧，希希，你要是没去，你的心就不可能安定下来，高中迟一年毕业不会怎样的。’我接受了她的帮助，也答应她，不管有没有结果，倒数计时结束后，我都得回去完成学业。来到了台湾后，我如愿找到了外公，没想到他却什么也不记得了。”

“别担心，你一定会在十八岁倒数计时前完成心愿的。”

“是吗？”殷希发现徘香正看着镜中的自己，往后退了几步，将自己的影像从镜中抽离。

徘香依然没动，用审视的目光挑剔着镜中的自己。

镜中的她虽然亭亭玉立，光滑的脸孔上却透露出疲惫，单薄的身上有种大病初愈后的虚弱。她的眼神丰富而混乱，当她静静看着你时，会把她的忧伤、妩媚、冷清及闪动跳跃的才思一同注入你的身上。

她审视完，转身走离镜子，带着浅浅的笑，对殷希说：“既然来了，就参观一下我的黑色世界吧！”

徘香房间里的家具带着旧时代的遗风，黑色的雕花木床占去了大半个房间，床头和床尾矗立着花纹复杂的栏木，很典雅，却不一定舒适。靠着床的那面墙上挂着几幅徘香的画像，大小不一，风韵也不同。殷希迅速浏览过，目光停留在那幅羞涩的少女身上。她长发披肩，乌黑的眼中蒙着哀愁的雨雾。她穿着灰色长裳，挺胸端坐在藤椅上，背影则是一片浑浊的紫。

“我爸很喜欢画我，我也喜欢当他的模特儿，可是当他爱上别的女人后，就不再需要我了。”徘香走向门口，贴向门缝听着。

看到她的举动，殷希愣住了。

她听了一会儿，回头对满脸狐疑的殷希说：“你没发觉我妈有对充满疑虑的眼睛吗？她老是在窥视我，就算我把门关起来，她那双眼睛还是会钻进门缝，穿透窗帘，在我的房里飘来荡去。”说着，又走向窗边，拉起了窗帘，“她叫你来换床单，也是窥视我的一种手段。”

房间顿时陷入了黑暗，徘香扭开桌上的小灯，忧戚地坐在桌前，脸上闪过踌躇不安的光晕。

“你有什么事怕她知道吗？”殷希问。

“你会把所有的事情都摊在你妈面前吗？”

“当然不会，可是我不像你这么神经质。”

“是神经病吧？”

“我不是这个意思，我只是……”殷希急着辩解，徘香却阻止了她。

“我本来就有神经病。上学期我还去看了精神科医生呢！给我看病的是一个年轻的医生，他问了我一大堆问题后，用一面镜子照照我的眼睛，又用一个小锤子敲敲我的膝盖，然后伸出一根手指头在我眼前晃来晃去，我差点笑出来。他长得挺帅的，要不是他最后说我很正常，什么毛病也没有，我一定会爱上他。

“我就是这么疯疯癫癫的，除了欧阳和周邑之外，没人受得了我，你不会被我吓跑吧！”徘香说到这儿，突然哀伤起来。

“怎么会呢？”殷希虚应着，心里却打了个问号。

“我就知道你不会。”徘香靠向殷希，挽着她的手，庄严地说，“为了你，我也要有个不一样的十八岁倒数计时。”

“我不懂你的意思……”

“我本来跟全台湾地区的高中生一样，把上大学当成十八岁倒数计时的目标。虽然我明知自己根本上不了什么好大学，但大家都那样做，我也只好跟着做。现在我决定要跟你一样，要很勇敢地为十七岁而活。”

“你想做什么？”

“嗯……”徘香噘着嘴，“等我想到了再告诉你。”

“你不想上大学？”

“不是不想，但为了上大学，硬是把十六七岁的青春困在课本里，你说有什么意思呢？我讨厌背书，讨厌无尽无休的考试。我更受不了烦躁、紧张、疲倦、按部就班的生活，你们在英国也是这样吗？”

“这世界上哪个十六七岁的人没有一堆试要考？没有父母、老师在旁边唠叨个不停？只是程度不同的问题吧！”

“唉,可怜的十七岁！”徘香叹了口气,随即又露出振奋的笑容，“从今天开始我要摆脱这种命运，要活出一个不一样的十七岁。”

“你如果不考大学，乔阿姨会不高兴吧？”

“这是我的十七岁，又不是她的。”

“可是你还没想到要做什么，就贸然放弃，会不会太冲动了？”

“我要做的事可多着呢！现在先不告诉你，免得一下子说太多，你对我失去了新鲜感就不好了。还是谈谈你吧！”

“我的事你都知道了，有什么好谈的呢？”

“可以谈的事太多了。你正在编写一个惊奇、生动的人生剧情，哪像我只能在贫乏的生活轨道上，靠着想象力去编织一些永远不可能发生的事情。如果可能，我愿意用我的人生跟你的交换。”

“要是你知道我经历过多少折磨，就不会这么说了。”

“无法改变的事就别说了。”徘香转身走向书桌，从抽屉里拿出一个透明资料夹，抽出一张纸：“这是我送你的一首小诗，希望你会喜欢。”

殷希接过来，正要看时，徘香吟诵了起来：

最后一次，让我远远地接过
你掌心中的温热，然后转身离去，走出
遮挡视线的那片睫毛林。

停止呼唤，让我的名字就此
遗忘在背立的晚风中，让余晖
把那条寂寞的小路拉长，
留给我一人独自享用。

殷希以赞赏的眼光看着她。“我的中文没那么好，不是很懂诗里的意境，但这首诗，我喜欢。”

“我爸常说，诗要用心去感觉，不必在乎文字。他是我最好的读者，他常说我不要去当画家，当诗人更好。”

“你想过当画家？”

“那是以前，他走了以后，我就不画了。可是见到了你，我倒又想画了。”她嫣然一笑，那笑容就像出水的莲花，清新脱俗。

“你想，你外公口中的心慧会是谁呢？”徘香问。

午后的阳光从茶馆窗口射进来，殷希面对着远处的大海，回过头说：“应该是我妈妈的妹妹吧！”

“你外公一定偏心，不然怎么会对她的记忆那么深？”

“我也这么想，在他口中我妈好像很坏。”

“难怪你妈从没回来过。”

“会不会是我妈做了什么让家人伤心的事呢？”

“也有可能是家人伤了她的心呀！大家都只会说可怜天下父母心，却很少人提到父母伤害起子女时也挺可怕的。”徘香眼中蒙上一层忧伤，话锋一转，“你有没有想过，会不会当你历尽千辛万苦找到爸爸时，他却不认你？”

“我当然想过，我也一直在问我自己，都这么多年了，我找他做什么呢？可是心里就是有一种想知道的欲望，他可以不要我，我却不允许自己活得不明不白。”

“说得也是，就怕答案不是你所期待的。你说过你妈恨他，除了感情的因素之外，或许他做了什么令人讨厌的事呢！”

“这些我想过有几千遍了，既然来了，我只能往前走。现在我最怕的是，等倒数计时结束时，我还是什么也找不到。”

“别想那么多了，你的倒数计时还有多少天呢？”

“三百零八天。”殷希说。

“我比你正好多三十天……”徘香突然感到背后似乎有目光正盯着她，转头一望，和一个青年的目光短暂交会后，她又回过头来，继续说：“我们可以……”

“他是谁？”殷希打断她，斜眼看了那青年一眼。

他很瘦，苍白的脸被披垂的刘海儿遮去一半，露出一只清澈而明亮的眼睛，含情脉脉地看着徘香。

“一个无聊的人。”徘香抬眼望向窗外，一脸的不耐烦。

殷希再度打量他。他正低着头，专注于手中的素描本。

“他在画画耶。”殷希惊喜地说着。

“那是他唯一能做的事。我爸说他很有天分，将来一定会在画坛崭露头角的。别管他了，我替你想到一个办法，你到底想不想听呀？”

“什么办法？”

“绑架你外公！”

“那怎么行？”

“为什么不行？夏思浩要是知道舅舅被绑架了，一定会赶回来的，到时候你不就可以见到他了吗？”

“是可以见到他，但他要是一怒之下，什么都不肯说呢？”

“不会的。人家说见面三分情，只要你装得可怜一点儿，他不会那么铁石心肠的。”

“可是绑架是犯法的。”

“凡事都得冒险呀！除非你永远不想知道答案。”

“就算我想冒险，绑架一个痴呆的老人哪那么容易呀？行不通的。”

“是不容易，我们可以把欧阳也找来，她可比我壮多了。你听我说，我的计划是这样的，你去缠住赡养院的人，我和欧阳悄悄地把你外公带走。”

“赡养院有警卫，又有监视器，没有院方的外出证，谁也没办法把人带走的。”

“不然不要绑架，你去跟赡养院的人说，你想带他到民宿来住几天，转换一下环境对他的健康会有很大的帮助。等我们把人带出来了，再把他藏起来。怎么样？这个法子不错吧！”

“我同意把他带出来对他的身体有好处，但我不同意把他藏起来，万一他临时发病，有个什么闪失，那该怎么办？”

“你怎么老往坏的方面想？好吧，我们就带他出来四处逛逛，说不定受到环境的刺激，他会想起来什么。”

“万一他还是什么都想不起来呢？”

“你又来了，像你这样消极，就算你还有三千天，也找不出答案。”

“要带他出来兜兜风也得有车子呀！除非乔阿姨肯帮忙，不然我们是做不到的。”

“坐出租车啊！”徘香被弄得不耐烦了，站了起来。“去看看他画了什么？”

徘香朝男孩走了过去，出其不意地抢走他的素描本。

男孩和徘香有着一样忧郁的气质，略为白皙的脸上有一双惊惧、胆怯的眼睛，看起来很像一个长年住在精神病院里，被电棒、针筒吓坏了的病人。

他的素描本上都是徘香的速写，一共七八幅，不论是低头喝饮料，侧脸斜望，托颊凝思，或是专注地对话，每一幅都抓住了徘香的神情，惟妙惟肖。

“如果不是亲眼所见，我实在很难相信你能够在这么短的时间里画出这么多画。”殷希不由得发出赞叹。

徘香也被那些画触动了，然而她却没有作声，依然一脸冷漠。

“这是我的朋友，刚从英国回来的，如果你能用英文自我介绍一下，以后要看电影或吃饭，随便你选，我请你。”她带着嘲弄的口吻说着。

周邑的目光飘过徘香肩后，羞涩地看了殷希一眼。

“随便说两句嘛，比方说你叫什么名字，几岁，你很想跟她交个朋友之类的。然后我们就去看电影,或随便做什么都行,怎么样？你不是很想约我吗？”徘香像在哄小孩似的说着。

周邑惨白的脸上透出红晕，眼中像有团火在烧似的。他尴尬地看了殷希一眼，僵硬地说了声：“嗨。”

殷希对他点点头，回了一声：“嗨。”

“谁让你说中文啊！”徘香瞪了他一眼。

他窘然不安，支支吾吾地说：“My name……my name is……is……”

徘香笑了起来。

殷希则困窘得不知如何是好，急忙说：“你可以跟我说中文。”

周邑满脸通红，回头望向徘香，她已踏出茶馆。

殷希追了出去：“你不觉得你这样做太过分了？”

徘香一副若无其事的样子。“他可以拒绝啊，我又没强迫他。”

“你利用他喜欢你的这一弱点，这跟强迫有什么两样？”

“他活该。我已经跟他说过几百遍了，不准喜欢我，不准跟着我。他不听，你要我怎么办？这种不知趣的人就该给他点苦头尝尝。”

“你太过分了。”

徘香见殷希生气了，挽起她的手臂，撒娇地说：“好吗，都是我的错，下次我跟他道歉，行了吧！”

殷希瞅了她一眼。“不谈这个了，我们什么时候开始练习英文呢？”

“不急不急，等我有时间自然会找你练习的。”

“哪需要找什么时间，现在就可以开始啊！”

“现在呀，”她眼神一扬，“我想去看阴阳海。”她转身跑开了。

殷希尾随着她，终于看到了那片大海。那片青黄两色，老是挂在徐徘英口中的阴阳海。

“阴阳海，我好喜欢这个名字，你知道它是怎么来的吗？”徘香问。

殷希摇着头。

“我想你大概知道，在中文里，男是阳，女是阴，阴阳海不就成了男女之海了吗？可是，生为阳，死为阴，阴阳海又成了生死之海。男女之海多浪漫啊！生死之海又何其恐惧！我爱死了这种矛盾。”

风在她们头顶上咆哮，把徘香的长发抚弄得飘飘扬扬，像面纱似的，遮掩了她细瘦的面颊。此刻的殷希感觉不到男女之海的浪漫，看到的只是那奔向阴间的水流，和在阳间翻滚的泪水。她想起了在阴间的母亲，想起了自己的悲苦无依，眼中飘起了蒙蒙雨雾。

“我心情不好的时候都会来这里。”徘香的声音在风中飘动着。

这样的海，这样的天气，确实很适合低落的心情，就像殷希此刻的心情。

“你喜欢吧？”徘香问。她那明亮的双眸穿透披散在脸上的乱发，笔直地射向殷希。

殷希避而不答，反问道：“你常常心情不好？”

徘香仰起头，迎着风雨，发出凄然的笑声。她的长发在风中凌乱着，黑色衬衣被风吹得鼓鼓的，仿佛随时会飞起来似的。她的脸上没有悲伤，也没有哀叹，只流露着一种自虐的快感。

“回去吧。”殷希喊着。

“你先走吧，我还想再待一会儿。”

“你会生病的。”

“别管我，你走吧！”

殷希并没有走开。

风越来越大，雨也狂泻下来，雨水打在地面上，又从地面溅起，发出如叹息般的答答声，殷希忘了自己的哀愁，茫然地注视着眼前这个浑身湿透的少女。

Chapter 08

徘香果然病倒了，在床上躺了好几天。

“我应该把她拉回来的。”殷希内疚极了。

“你不必自责，她整天疯疯癫癫的，没有人拉得动她的。”乔宁叹了一声。

“她一直都是这样吗？”

“她本来就很敏感，我和她爸离婚后，她变得更神经质。唉，明明是她爸爸有外遇，她却怪我，真是不公平。”

“那她跟爸爸一定很亲，才会这样。”

“是很亲，但也不能不讲道理呀！我们离婚时她提出要跟爸爸住，我虽然舍不得，但只要她高兴，我还是尊重她，谁知道她爸爸碍于女友的关系拒绝了。她深受打击，一度把自己封闭起来，一句话也不肯说。你都不知道，为了她，我担心难过得要命，她却对我充满敌意，你说是不是很不公平呢？”

“怎么会这样呢？”

“因为她觉得离婚是我的错，是我留不住她爸爸，才导致家庭破裂，害她失去了爸爸！你说哪有这种道理……”

这时，一个男人推门而进。

乔阿姨的哀愁一扫而空，展露笑颜迎上前去，含情脉脉地倚在那男人身旁，在他耳畔说了几句话，两人都喜滋滋地笑了起来。她把那个男人拉到殷希面前，娇羞地说：“殷希，他是曹立昆，你就叫他曹叔叔吧！”

男人对殷希微微一笑说：“听乔宁提过你好几次，终于见到面了。”

殷希早已认出了他。“我们见过了，一个多月以前，你正在扫街拜票。”

曹立昆盯着她看了一会儿，“啊”地叫了一声：“我想起来了，你晕倒在街上，怎么样？没事吧！”

殷希摇着头，带着笑说：“没事。”

他也笑了。“那天我一直挂念着，要不是行程太满了，我真想去看看你呢！”

殷希感到一阵温暖，吟吟笑着说：“我猜你一定选上了吧！我没有看新闻。”

曹立昆眉头一缩，打趣道：“可惜你没有投票权，不然我就选上了！”

殷希收起笑容。“怎么可能，那天的人那么多。”

乔宁叹了一声：“才差一千多票，真可惜。”

曹立昆苦笑着说：“别说一千多票，只要差一票，同样落选啊！”

“这样也好，不当‘立委’，你就可以多分点时间给我了。”乔宁温柔得像水，宛如初恋中的少女。

曹立昆微微笑着，那笑容比那天在宣传车上更有魅力。

殷希忍不住说：“曹叔叔的笑容真迷人，难怪乔阿姨会那么着迷。”

曹立昆笑得很开心：“这是我落选后听过的最棒的一句话。希希，你再说说，我还有哪些迷人的地方？”

“让乔阿姨说吧！她铁定可以说上三天三夜呢！”她笑着转身上楼。

还没到二楼，她停下了脚步。

徘香坐在楼梯上，披头散发地靠着墙，眼窝深陷，目光凄迷。

“你怎么起来了？”殷希问。

这时楼下传来曹立昆的声音：“徘香要是像她这么开朗就好了。”

“你到底做了什么？连他都夸起你了！”徘香发出一声冷笑。

“你不舒服，干吗起来？”殷希避开她的问题。

“如果你当我是朋友，就离他远一点儿。”她的口气很冷漠，眼神更冰冷，“我讨厌他，非常、非常地讨厌。你听到了吗？”

“我想跟谁说话不需要你的许可吧！”

“是不需要，但你要是想要我这个朋友，最好考虑一下。”徘香说完径自往房间走去。

楼下又传来一阵笑声，殷希黯然一叹，走回自己的房里。

进入十月后，山城换上了另一种色彩。

阳光依然耀眼，却不再滚烫，凉爽的秋风在狭窄的巷弄中舞动着，就连老街的游客也轻盈起来，殷希心中有种说不出的舒坦，那是母亲过世后所不曾有的。

可是她的心里还是不踏实，徘香仿佛变了一个人似的，不但比平常回来得晚，而且一回来就把自己关在房里。殷希受不了这种冷漠的气氛，问她："如果是因为曹叔叔的事而生我的气，那也太没道理了。"

"你太高估他的影响力了吧！"

"那你到底在忙什么呢？整天神秘兮兮的。"

徘香没作声，看上去满脸倦容。

"如果你真把我当朋友，就告诉我你在忙什么。"

"我当然把你当朋友！可是，不能对敌人说的事，也不能跟朋友说啊！"她带着一丝诡异的笑容，像风一样飘开了。

殷希闷得直想骂人，但愤怒对徘香是发挥不了作用的，她决定去找欧阳阳。

欧阳阳就住在民宿附近，一看到殷希，就笑盈盈地将她拥进房里，指着墙上的一个数字说："我也决定为自己设一个目标，我要以'追求真爱'作为十八岁的倒数计时目标。"

"什么是真爱呢？"殷希问。

"真爱就是真心诚意爱一个人，对方也同样真心诚意地爱你呀！也许你觉得我很幼稚，但我真的以为，只要两个人的心是在一起的，彼此都把对方摆在第一位，为对方着想，两人互相打气，这就是我要的真爱。你呢？听说你跟徘英曾经在一起过，后来为什么分开了呢？"

"我……"殷希没有心情谈往事，开门见山地说，"我来找你是为了徘香。"

"她怎么了？"

"她最近对我很冷淡，一定是在生我的气。"

"怎么可能，她喜欢你都来不及呢！你知道吗？自从你来了以后，她开口闭口都是希希长、希希短的。她总是说：'我要跟希希一样，把十七岁活得灿烂光辉。我不能让我的十七岁就这么被考试的压力给摧残了。我一定要在十八岁倒数计时结束前，干出一件轰轰烈烈的事。'她对你的十八岁倒数计时充满了崇拜，还说如果她找不到可以努力的目标，就要把帮助你实现愿望当成她的十八岁倒数计时的目标，她很在意你的。"

"她真的这么说？"

"嗯。"欧阳阳点了点头。"你应该看得出来，徘香是个很骄傲的女孩，学校里的那些女孩在她眼中都很庸俗，我如果不是跟她从小一起长大，她根本不会正眼看我，但你不同。你有一种特质，我也说不上来是什么，反正可以吸引她就是了。你知道吗？她曾经说过，如果你是个男孩，她一定会爱上你的。”

“可是她都不理我啊！而且说话总是阴阳怪气的。”

“说不定是她的忧郁症又复发了。”

“她有忧郁症？”

“她没告诉你吗？”

“没有。是因为乔阿姨离婚的事吗？”

“那件事对她打击很大，不过我想应该不是那件事！这几天民宿里有没有发生什么事呢？她跟乔阿姨又吵架了？”

“也没有，只是那天我赞美曹叔叔，被她听见了，她酸了我一顿。”

“我实在搞不懂，曹立昆那么好的一个人，她为什么不喜欢他呢？”

“你跟曹叔叔熟吗？”

“也没有啦！我爸妈跟他比较熟。我们都好希望乔阿姨能跟他结婚，可是徘香挡在中间，我看很难。我妈很同情乔阿姨，常感叹地说，难道一个离了婚的母亲就没有恋爱的权利了吗？我就跟她说，她要是跟我爸离婚，我一定不会阻止她谈恋爱的。她听了，不但不感激，还骂我唱衰她的婚姻。”

“徘香该不会还抱着父母复合的希望吧？”

“我觉得不会。她以前跟我说过，她觉得她妈妈配不上她爸爸，在她心中徐伯伯是崇高而完美的。”欧阳阳顿了顿，又说，“大家都说徘香怪，我倒觉得她很可怜。她把爸爸当成偶像和诉说心事的对象，她爸爸却在她毫无心理准备的情况下提出离婚，还拒绝带她走。谁要碰到这种事都会受不了的。我妈常说，离婚的是乔阿姨，真正受伤的却是徘香。”

“这件事不是过去好几年了吗？”

“是没错，可是你知道她怎么说吗？她说表面的伤疤容易结，心里的痛是无法痊愈的。”

殷希傻住了。“想不到她这么敏感。”

欧阳阳迟疑了一下，然后说：“有件事如果我告诉你，你得发誓，不告诉乔阿姨。”

殷希郑重地点了点头。

“这一阵子她有点反常，常常早上去了学校，中午就走了，昨天跟今天压根儿就没去学校。她再这样下去，恐怕会被退学。”

“她都上哪儿去呢？”

“一定是去老屋了。”

“什么老屋？”

“那是她的秘密基地，她想独处的时候都会去那儿，她没跟你说吗？”

“她有太多事没跟我说，我觉得她就像谜一样。老屋在哪里，你能不能带我去？”

“我可以跟你说怎么去，可是不想陪你去。”

“为什么？”

“因为……”欧阳阳咽了咽口水，看了殷希一眼，“那里……闹鬼。”

殷希感到一阵惊吓：“真的假的？”

“我是没亲眼看到啦，不过大家都这么说，要不然那个房子也不会一直荒废着。曾经有人看到一个外国鬼，蓝眼珠、白皮肤，样子很吓人。”

“怎么会有外国鬼呢？”

“你大概还不知道吧，瓜山国小附近以前有个英军战俘营，好多英国士兵死在那里，阴魂不散。听说有人曾看到他们在附近游荡，也有人听到他们在说英文呢！”

“徘香不怕？”

“她是怪胎，越阴森恐怖的地方她越喜欢，我可没她那么大胆。”欧阳阳在一张纸上画下了去老屋的路径。“你要是害怕，可以让周邑陪你去，他常去那里。”

“徘香并不喜欢他啊，怎么会让他去她的秘密基地呢？”

“徘香只是受不了周邑喜欢她。她其实很欣赏周邑的，也需要他。依我看，他们两个根本就是绝配，不论是性情或喜好都一样，而且周邑很了解她。要是有个男孩像周邑对待徘香那样对我，我做梦都会笑醒的。真不知道徘香还要什么？”欧阳阳叹了一声，话锋一转，“那栋老屋很阴森，也很恐怖，我要是你，我才不去呢！”

“我要去，只有去了才会知道徘香到底在干什么。”

“遇到了鬼，可别怪我事先没警告你喔！”

殷希感到脊背一阵冰凉，但她还是决定走一趟。

Chapter 10

殷希按照欧阳阳画的线路，走到一条静僻的荒径上。

荒径的一侧满是杂草、垃圾，另一侧可以眺见几间隐没在草丛中的破败平房。

走了二十多分钟后，她从一条泥路钻入小径深处，四周越发幽深宁静，一股莫名的恐惧笼罩着她，但她不想回头。她壮着胆子往前走。她想去看看徘香的秘密基地。

终于，她看到了那幢老屋。那房子破破旧旧的，看样子已经荒废很久了。院里的老树伸手摊脚，随着秋风摆荡着，阳光挂在枝头上。殷希感到一阵寒意。凉风在她身体和衣服间的空隙中钻动，她双手抱紧身体，小心翼翼地沿着晦暗的小径走了进去。

隐蔽的环境并不能让她感到畏惧，但这里有种诡异的气氛，好像有几百双眼睛正在暗处盯着她看。她并不相信欧阳阳说的那些鬼魂之事，却没来由地害怕了起来。

“徘香。”她叫了一声，没人回应。

她壮着胆走进屋内。里头幽幽暗暗的，有股发霉的味道。屋里什么家具也没有，其中的一面墙上有扇窄小的玻璃窗，一束光线从窗口射进来，就像舞台上的聚光灯。光线很刺眼，她只好眯着眼睛。突然，她看到窗子后面依稀有一个影像，便不由自主地发出一声低叫。

难道真的有鬼？她浑身战栗起来。

她让自己定下心来，鼓起勇气走向窗口旁的阶梯，这才发现空窗后有棵老树，垂挂着许多细碎的枝条，在随风舞动。她生着自己的气，竟然被树给愚弄了。

“徘香！”她又叫了一声。

一阵轻微的叹息声传来，她警觉地四处张望。她提醒自己别被幻觉要弄，可是接着又是一声，这次她听得格外清晰。

那叹息声伴随着一股凉飕飕的气息，紧贴在她颈后。

她感到背脊一阵冰冷，浑身发着抖。她命令自己不要慌乱。她猛然回头，看到一道黑色的影子朝门后飘然而去。

“徘香，别闹了，出来吧！”她喊着。

那黑影从暗处走了出来，是周邑。

“徘香呢？”她的声音里带着气愤。

“我等你好久了呢！”徘香那纤细柔弱的身影，从门外移了进来。她那乌黑的长发随着移动的步伐，飘然荡落，有种深邃而神秘的美感。

“欧阳告诉你我要来？”殷希松了口气。

“没人告诉我，但我知道你一定会找来的。”徘香带着诡谲的笑容，靠向她。周邑则退到了门外，两人像经过排练似的，配合得天衣无缝。

“欢迎光临我的秘密基地。”徘香还是带着笑。

“你不上学，躲在这里干吗？”殷希带着微愠的口吻说。

“还不都因为你。”

“我？”

“不是吗？自从你出现以后，我的生活就像一条被迫改道的溪流，我再也不可能乖乖地坐在教室里了。我得为我的十七岁留下些什么东西才行。”

“在这个地方？”

“这是一个很适合写小说的地方，你不觉得吗？”

“你想写小说？”

徘香嗯了一声：“我已经写了些片段，还没具体的架构。”

“我可以看吗？”

她犹豫了一下，把几页文稿递给了殷希。

四月十七日

春天来了。我告诉自己不论处境多糟，都要以享受春天的心情度过每一天，就像我们以前共度过的许多个春天。

春天里有你美丽的容颜，只消多看一眼就醉了。微风中的落英如同你绯红的双颊，那是世上最美丽的色彩，是我心中的天堂。这里的春天也很美，有鲜红似血的杜鹃花，也有白如细雪的李花，可惜，没有你的容颜。我想念春天，更想念你的春色。

四月二十日

雨又降下来了，绵绵密密地落着，风像针一样刺人，春天显然没来。

春天在人间，不在地狱里。

四月二十五日

明明是春光明媚，我却失去了应有的平静。我不禁对神发起脾气，愤怒地质问他：“到底想怎么样？如果还有一点儿仁慈，请让我离开这个使人发疯的鬼地方！或者把我带到身边。我受够了。如果执意折磨我，就让我淹没在阴阳海里吧！”

跳入阴阳海，这不是第一次浮现的念头。刚到这里来时，我便有了这个想法，只是放不下你。是你，让我留在这世上。为了你，我要坚强地活下去。但是，生活的困顿让我处于发疯的边缘。身为一个战俘，生理、心理都脆弱无比，我真的很想一死了之。但投入阴阳海后，我能得到安息吗？或是像那海水一样，徘徊在阴阳两界呢？

五月四日

今天早上看了一眼阴阳海，又使我想起属于你我的那片汪洋。想着你，我的心就快乐了起来，就连颠簸难行的俘虏路都变得好走了。我踏着轻快的步伐走向大海，只因为心里有你。

五月十二日

阳光驱走了阴霾，天气开始热了起来，阴阳海露出迷人的色彩。

清风吹来了海的气息，我在清晨的露水中，贪婪地吸着；也在暮色徐徐降临时，填满了胸怀。每当我想到，此刻的你也可能坐在海边，闻着相同的味道，吸着相同的气息，如同我想着你一般地想着我时，心里就更喜悦了。

五月十九日

在我的心理和身体都处于不堪一击的此刻，我只能借着想你来化解心中的焦躁，借着想你来度过漫长的黑暗。我告诉自己，黑暗终会过去，我必能再次拥你入怀。这样的信念让我找到了存活下去的勇气。

细腻、多愁的文字，让殷希着迷不已。她惊喜地看着徘香。

“这是我的小说里男主角写的日记。他是一个英国人，第二次世界大战期间，他在新加坡被日本人俘虏了，日本人把他和五百多个士兵带到金瓜石来，逼他们到矿坑里工作。这里以前有个战俘营，你应该听说了吧？”徘香说。

“你想写他们的故事？”

“不是他们，只是其中一个，他叫温格利。”

“想不到你对历史这么感兴趣！”

“你弄错了，我想写的不是历史故事，而是爱情故事——一个被困在战俘营里的士兵深深思念着家乡的女友。爱情让他挺过苦难，爱情让他找到了活下去的勇气，可是当爱情消逝时，他也就跟着死去了。”

“你怎么会想写这样的故事？”

“欧阳告诉你了吧，这里有鬼魂出现。我看到他了。”

“真的有……鬼？”

“信不信由你，我真的看到他了，就在这个屋子里。我想写他的故事，为我的十七岁留下一页美丽的印记。”

“你不考大学了？”

“谁规定大学一定要在十八岁时读呢？以后想读时再考也不迟啊！现在我只想跟你一样，在十八岁倒数计时结束前，认真去做一件我认为值得去做的事。”

“你好勇敢。”殷希心中一阵感动。

“你不也一样吗？”徘香嫣然一笑。

“你怎么会找到这个地方呢？”雾气像鬼魅般蹑手蹑脚地从破裂的窗口爬了进来，老屋内顿时白茫茫的一片。

“偶然发现的。”

大概三年多以前，备受忧郁症折磨的徘香走出家门，她茫然地走着，像风一样，毫无目标地飘着。当她停下脚步时，骤然发现自己置身于一幢老屋前。

老屋的神秘气息深深地吸引着她，她怀着一种兴奋的心情走进去，她在屋里走着、看着，蓦地，她看到一张男人的脸悬挂在窗外。他的脸色很苍白，像细雪一样，脸上爬满了细碎的纹路。他有一双湛蓝的眼睛，目光如同两团沉郁的火焰。徘香被震撼住了，本能地挪开目光，但好奇心胜于恐惧，她再度抬眼望去，就在她即将碰触到他的目光时，那张脸却像烟雾一样消散了。

她很害怕，却着迷得不得了，壮起胆子走了过去，窗子后边已经空了。那张脸消失了。她感觉到有人躲在暗处窥视她，她退回到原来的位置，两眼却死死地盯着那扇空窗。过了好一会儿，她又看到那张脸，很哀伤、很苍白，眼孔和嘴巴都被一种神秘的气息湮没了。他那忧伤的神情震撼了她。她感觉到他正看着她，可是她不敢看他。她想走，身体却动不了。

过了一会儿，她鼓起勇气，望向他，他却消失了。

她不禁恼火起来，对着那边的空窗吼着：“躲在窗后，对着一个生病的女孩窃笑,算什么东西呀！”那张脸再度从空窗露了出来，却很快又消失了。

她朝院子奔去，想去追他，一个不留神，被地上的树根绊倒了。这时候她听到一阵轻微的叹息声，仰头一看，上头除了浓密的绿荫外，什么也没有。接着她又听到一声更长的叹息，这一次她听得格外清晰，是个男人的声音，从那层层的绿色波浪中传下来。

她挣扎着想站起来，可是却爬不起来。她感觉到背后有种轻轻的触压，一根凉飕飕的手指正压在她的背上。她回头，看到了那张躲在窗后的脸，他正对着她微笑，那是张外国人的脸。他的眼睛深陷进眼眶里，有如两团蓝色的火。

当她和他的目光交会时，她竟然不再害怕了，反而充满了喜悦。她想跟他说话，他微微一笑，化成一团白雾，慢慢飘了起来。白雾飘向她的身体，像双手似的抚摸着她。她觉得好舒服，整个人轻飘飘的，就像进入了梦境一样。

当她再睁开眼睛时，太阳已经西斜了，她才发现自己竟然睡了一个下午。

她坐起来，赫然发现一个男孩正坐在不远处的树干上，像天使般地守护着她。她以为自己在做梦，缓缓地站起来，男孩仍然坐在那里，对她微笑。她走向他，看到他正在画画，地上零零落落地掉了好几张画纸，都是她的素描。那是她第一次见到周邑。

殷希像在听故事似的，惊呼一声："你真的看到了鬼？"

徘香点着头，望着坐在暗处的周邑："他也看到了。"

殷希望向周邑，他的头从素描簿前抬了起来，正好迎向她的视线。

他微微一笑，那笑容很含混，像肯定，也像是否定。

"你不怕？"殷希的目光回到徘香脸上。

"不怕，我爱上了这里，从那之后，只要我心情不好，或想独处时就会来。"

"周邑，你又是怎么发现这里的呢？"殷希问。

"不像徘香那么精彩，只是偶然找到了，很喜欢，就常常来。"

阳光已经退到树梢上，老树遮蔽了整个天空，老屋沉浸在一片昏暗的幽光中，微弱的白光从窗子射入，让窗子看起来更像一个空洞、苍茫的大眼睛。雾气从破裂的窗口爬了进来，老屋顿时变得白茫茫的一片，徘香的身影也模糊了起来，好像幽灵似的在屋里走来走去。

"你一直陪着她？"殷希问周邑。

"我不放心她一个人在这里，可是她不想看到我，所以我会躲在一个她看不见的地方，只有她叫我时，我才会出现。”周邑的神情在雾气中显得更加羞涩。

“他对你真好。”殷希对徘香说。

“是的。”徘香若有所感地说，“我这一生不可能再遇到像他这么专情，这么包容我的男孩了。可惜他跟我太像了。”

“这样不是很好吗？”

“两个性情太相似的人在一起，就像在跟自己的灵魂谈恋爱，会两败俱伤的。”

“你到底喜欢什么样的男孩？”

“我也说不上来，不过只要他一出现，我就会知道的。”徘香笑了笑，“别说这个了，我带你参观参观我的老屋。”

徘香挽着殷希的手，在老屋四周走动着。徘香说 ：“这里的气氛你一定不陌生，像不像你牛津的家？”

“有点像，只是更荒凉。”

“可惜那房子被银行扣押了，不然我还真想去看看呢。”

“你不是不想去英国吗？”

“如果有你陪着，我就想去了。”

天色更加幽暗了，当最后一抹阳光消失在地平线时，两个女孩手牵着手，荡荡悠悠的，像两条影子飘离了老屋。另一条身影既不逾越，也不远离，像个守护者，一路相随着，直到快到民宿时，他才朝另一个方向走去。

当她们回到民宿时，看到有个年轻人正四处探望着。他一见到她们便如释重负地说 ：“我订了房……”

殷希的身体僵住了，呆呆地看着眼前的这个人。

那青年也愣住了，惊喜地叫着："你怎么会在这里？"

殷希笑了。

这一次她没有弄错，她记忆中的那对目光，真真实实地出现在了她眼前。

Chapter 11

殷希终于知道他的名字了。

沈维刚，大学历史系二年级的学生，为了寻找英军战俘营题材前来金瓜石。

再度相遇，两人都惊喜不已。

沈维刚腼腆地说："那天遇到你之后，我几乎天天回到那家咖啡厅，可惜一次都没再见到你。"

殷希微微一笑，并没说她也回去过。

"你找到你要的答案了吗？这该不会是你爸爸的家吧？"沈维刚的目光在屋里移动着，在那幅"九份之晨"的巨型油画上停了几秒，又移回到殷希脸上。

"我还没联络上夏思浩，也还没找到我爸爸，这是朋友的家，我暂时在这里打工。"

"暂时？我得立刻记下你的联系方式，免得又找不到你了。"沈维刚立刻掏出手机，输入了殷希的联系方式。

"你找我做什么？"殷希羞涩地问。

“那天你哭着跑走了，害我天天想，那个哭到脸都花了的女孩不知怎么样了？她找到爸爸了吗？她一个人在台湾没有朋友，万一遇到坏人怎么办？万一钱用完了怎么办？我真的好担心，要不是想到你既不是失踪儿童，又没有犯罪，警察不可能理我，我真的会去报警。”

“只因为我很可怜？”

“也不是啦！”沈维刚的目光飘向殷希后，又羞涩地移开，“你哭成那样，谁看了都会担心。”

殷希心里甜丝丝的，这是她到台湾后第一次体会到幸福的感觉。

沈维刚办好住宿登记后，和两个女孩在庭园里边喝咖啡边闲聊。

“战俘营是我这学期的专题报告，资料收集得差不多了，这两天我要去拜访这里的几个老人和文史工作者，厘清一些问题。”

“我可以跟你一起去吗？”徘香问。

“你也有兴趣？”

“她正打算以这个为题材写小说呢！”殷希替她回答。

“哇，那一定会是个很棒的故事，我有没有荣幸成为你的第一个读者呢？”

“没有，”徘香带着狡黠的笑容说，“因为我已经把第一个读者的头衔给了希希，第二个给帮我画插画的周邑，所以你只能成为第三个。”

“第三也是一种荣幸啊！你打算怎么写这个故事呢？是从俘虏的心理，还是被殖民者的角度出发？还是客观地描述战争下的人性呢？”

“都不是，我不是要写历史小说，而是爱情小说。”

“爱情故事！那一定很精彩。”沈维刚神采飞扬地说，“每个战俘的身后一定都有个期盼他们的人！妻子等待丈夫，女孩思念情人……战争中的爱情主题总是特别震撼人心，但当漫长的等待换成一则则死讯时，让人情何以堪啊！我觉得这不是个适合小女生的写作题材。”

“别把我看得那么天真，我虽然还没有真正谈过恋爱，但对于爱情和人性，我可是有独到的见解！”

“是吗？”沈维刚笑着，表情中带着怀疑。

“这段历史我太了解了，我自信可以在描写爱情时，带出战争残酷的一面。”

“你说你对这段历史很熟悉，我倒想听听看。”沈维刚笑着。

“别的不说，就说矿场里的情况吧！那时候的管理等级分为好几层，日本人管本地人，本地人管外国战俘。他们戴着白布臂章，以线条来显示他们的等级，一条线是一线班长，两条线是二线班长，往上还有三条线、四条线。一线和二线班长跟战俘同样在矿坑里工作，同样是被统治者，照说大家应该以同理心相待才对，但有的本地人却比日本人更残酷地欺压那些战俘。你说他们可恶，我倒觉得他们更多的是可怜，因为他们必须靠着欺压地位比他们更低的战俘来讨好日本人，甚至是为了保命，这就是人性在战争中所受到的扭曲。”

“你在替他们找借口。”沈维刚不以为然地说，“在困顿中更能彰显人性的光辉。根据我所搜集到的资料，我发现除了几个仗势欺压的人以外，大部分的本地人都是同情战俘的。如果不是本地人的帮忙，那些战俘可能全都没命了，他们离开金瓜石之后的那段遭遇你应该知道吧！”

殷希则像个局外人，毫无插口的余地。

“你是说本地家庭供给他们食物那件事？”徘香问。

“那是其中之一，还有当年日军知道大势已去时，命令战俘挖地道，准备要在美军登陆后将战俘们赶进地道以毒气毒死他们。有个本地人知道了，把这个情报透露给战俘们，战俘们知道后连夜逃走，在雨中行走了好几十公里，又累又饿，在到达新店山区时遇到一户人家，那户人家大方地提供给他们食物，他们才有体力继续走下去……”

“等等，”徘香打断他，“日军是不是要放毒气，这一点有待查证；还有，矿工怎么跟战俘沟通呢？矿工们可不会说英文啊！你可得小心查证。”

“这就是我这次来的目的。”沈维刚说。

“我陪你去。”徘香再次提出要求。

“明天又不是周末，怎么可以逃学呢？”沈维刚说。

“一天不上又不会怎样！”

“你不是已经上高三了吗？大学联考已经进入倒数计时了，还是别逃学吧！”

“我才……”徘香原本想为自己的梦想辩解，随即改变心意，带着笑脸说道，“好吧，我听你的，不过你得答应我，让希希陪你去，她对这里还不熟，你就当她的导游，把金瓜石的历史说给她听。我也会把我手边有的资料给你一份，天下没白吃的午餐，是不是？”

“就这么说定了，我确实需要一个人帮我呢。”沈维刚笑着说。

他们三人天南地北地聊着。徘香话最多，也最亢奋，好像急着要把憋了一整年的话全都吐出来似的。殷希则是默默听着，她注意到徘香的眼中散发出璀璨的光芒，那种青春的光华真是美极了。她目不转睛地看着徘香，沈维刚则不时地把目光瞟向她。

Chapter 12

隔天下午，殷希忙完民宿的工作后依约来到战俘营旧址和沈维刚会合。

她比预定时间早了些，独自逛着。战时的营房已经不在了，只剩下一根门柱、一面老墙和一些建筑地基。纪念碑记载着这段历史的始末，告诉世人应以爱和了解化解仇恨，方能建立长久的和平，避免可怕的战争。

“殷希，看这里。”沈维刚叫着她，连续按下快门。

“干吗拍我？”她一副娇羞样。

“你从英国来，充当一下模特儿吗！”他咧着嘴笑着。

“我不懂你的意思。”

“昨天徘香不是说了吗？那些等不到战俘归来的亲友，一定很想知道自己的丈夫或男友、兄弟最后的生命是怎么度过的。当时我的脑海中就闪现出一个画面：战俘们的遗孀或女朋友千里迢迢来到这里，站在碑文前缅怀他们，那景象就像你刚才那样。”

“我看起来有那么悲伤吗？”殷希噘着嘴，抱怨着。

“倒是没有，不过神态很像。”沈维刚又拿起相机，拍了一张。

她随着他寻觅着当年战俘所走过的足迹，听他细说半个多世纪以前的那段历史。

“他们每天早上天还没亮就起床，在灰蒙蒙的细雨中，一步一步踏上湿滑的阶梯。现在这条路已经不同了，景色也变了，但是到了冬天，冬北季风吹起时，刺骨的寒风夹着细雨迎面扑来，山岚呈现出狰狞的面目，那景象就跟他们刚到这里时一模一样。成为战俘已经够难受的了，行走在那样的天气里，你可以想象他们当时的心情有多糟。”

“你很会形容，我觉得你也可以写小说。”殷希说。

“我怎能跟徘香比？你看过她写的小说了吗？”

“几个片段,还没看到完整的章节。她的诗写得很好,也会画画，蛮有天分的。她爸是个画家，民宿里的那些画都是她爸的作品。”

“听你这么一说，我等不及想看她的小说了。”

缆车站的旧址已经湮没在历史中，那条俗称为“俘虏路”——由废弃的矿石铺出的八百多级山道也被草丛吞噬了，若不是沈维刚说出，殷希实在很难想象草丛中竟埋着那样一段辛酸的血泪。她一边听着沈维刚的解说，一边看着山坡上被海风吹得凌乱不堪的野草。它们瘫倒在坡上，偶尔挺起身来，也像是临死前的挣扎。

殷希的目光转向远处的阴阳海，有感而发地说：“那些俘虏乘着缆车下坡，在海风的吹拂中一路而下，倒是挺惬意的。”

“可惜他们从未搭过缆车。”沈维刚说。

“为什么？”她惊讶不已。

“日本人不让啊！”

“缆车可以减少往返时间，让工人保持体力，日本人不会连这个也不懂吧！”

“他们当然懂，不然就不会建造缆车了。他们之所以那么对待战俘，是故意贬损他们，把他们当成了‘不具生存价值的人’、‘该死在战场上却苟且偷安的懦夫’，极尽可能地折磨他们。”

“好过分！”殷希愤恨地说着。

“这何尝不是一种战争下扭曲的人性呢？”

这个在日据时代风光一时、曾经是亚洲最大的铜矿炼制场的所在，占据了整个山头。殷希仿佛仍能看见当时高耸入云的烟囱，排出缕缕白烟和在矿场里劳动的战俘的身影。时隔半个多世纪，物是人非，偌大的遗址也已荒废，她做梦也没想到那些和她一样来自英国的战俘，竟会在这遥远的地方过着奴隶般的生活。

他们并肩而坐，望着远处的阴阳海。阳光下的阴阳海和往日是多么不同啊！那青，如祖母绿般清亮；那黄，如琥珀般璀璨，殷希不由得看傻了。

“很多人不喜欢金瓜石，觉得它老是阴沉沉的，但当阳光露脸时，它就像一颗被擦拭过的明珠，瑰丽耀眼，好美。”沈维刚以感性的口吻说着。

“真的很美。”殷希附和着。

“有人提出要净化阴阳海，在水湳洞附近盖一座沉淀池，将所有的溪水导入，先净化再流入海中，但地方上很多人都反对，我也不赞成。”

“为什么？”殷希问。

“阴阳海，天生就该与众不同。”他回眸一笑。

海风伴着淡淡的秋意拂过殷希的脸庞。她默默坐在沈维刚身旁，沈维刚则含情脉脉地看着她。

他记忆中的少女不再有哀愁的容颜，宛如脱胎换骨般楚楚动人。她的笑比她的泪更让他着迷，在一次又一次的凝视中，殷希的面容已深深地印刻在他的心里。

Chapter 13

这天早上，殷希工作完后准备去赡养院，却因乔宁出去采购尚未回来，耽误了原定去台北的班车。她不禁急了起来。那班车没坐上，就无法在看了外公后，再赶到和沈维刚初次见面的那家咖啡厅了。

她正想发短信告诉沈维刚这一情况时，传来了乔宁的叫声。

她立即跑了过去，只见乔宁从曹立昆的后车厢搬下许多东西。她想帮忙，乔宁却二话不说把她推进曹立昆的车。“立昆，谢了。”

殷希还搞不清状况，就听见曹立昆说：“乔宁误了你的班车，就由我充当司机吧！”说完，曹立昆对乔宁挥了挥手，摇下车窗。

车子启动后，殷希轻声说了句：“麻烦你了。”

“我反正要回台北，你只是搭便车，说不上什么麻烦的。”曹立昆笑盈盈的，看起来心情挺好。“打听到亲人的消息了吗？”

“还没有，小刚建议我在网络上寻父，我觉得可以试试。”

“小刚？男朋友？”

“我们才刚认识没多久。”殷希的脸红了。

“我还以为你对同龄的男孩不感兴趣呢！”曹立昆从镜子看了她一眼。

“你怎么会这么问呢？”殷希一愣。

“徘英那么优秀，长得又帅，你都不要，一定有原因的，是不是？”

“徘英都告诉你了？”

“暑假他回来时跟我说他曾经喜欢一个女孩，交往了几个月后，那女孩甩了他，他问我是不是他哪里做错了，或是有什么问题？我跟他说，是那个女孩的问题。但见到你之后，我就明白了，你不想跟徘英交往，不是他不好，而是他不是你想要的那种类型。”

“是我的错。我当时喜欢上另一个人。”

“是谁这么幸运呢？”

“是教我们英国文学的希达尔老师。”她惊讶自己居然在曹立昆的面前如此坦诚地说出了心里的秘密。

“那个希达尔老师一定很帅，不然怎么会让你那么着迷呢？”

“他并不帅，也不是很年轻，都三十五岁了，可是他有一种中年男人的成熟魅力。每次看到他，我的心都会跳得很快。那段日子我的眼里除了他，什么也看不见。为了他，我不理徐徘英，后来我勇敢地向希达尔老师表白，却被他拒绝了。那一整个学期，我依然迷恋着他，直到他调走后，我才放下这段青涩的苦恋。”她瞄了曹立昆一眼，“希达尔老师的事是我的秘密，你不会跟别人说吧？”

“怎么会呢？”

“我是说包括乔阿姨。”

“这样吧，我也告诉你一个秘密，你要是发现我泄了密，你也可以把我的秘密说出去。”

“公平。”

“这件事我从没有对人说过，”他顿了顿，像在诉说一个故事，“我有一个女儿，再过两个月就十六岁了。她出生时，我还困在前一次的婚姻里，无法公开认她，只好由她的妈妈将她带到美国。我每年都会设法去看她几次，直到她四岁，她的妈妈不希望我再去打扰她们，从此我就再也没见过她了。她就像你一样，有一对美丽的眼睛。”

她心头一愣，笑了笑说：“我的眼睛太细长了，一点儿都不好看。”

他目光又飘向她。“在我的眼里，你美得像天使。”

殷希的脸红了起来，反驳着说：“你这么说不怕乔阿姨会不高兴？”

他收起笑脸：“你不会跟乔宁说吧？”

她调皮地问：“你是怕她知道你赞美我，还是你有个女儿？”

他反问：“你说呢？”

她的笑容荡得更开了，嘴里却反驳着：“我从不觉得自己长得好看，你要是见过我的同学，你就会知道我说的是实话。”

“所谓的美没有标准。眼睛大就一定美吗？高挺的鼻子，樱桃小嘴，在某些人眼中是美，我可不觉得。如果以时下所谓的标准来衡量你的五官，也许没有一样称得上美，但你有一种别的女孩所没有的气质。你的眼里好像有一座电塔，随时会放出电来，你得小心，不要随便盯着男人看，否则……”他停下来，眼神飘向她。

“怎么样？”

“会电死很多人的，你拿什么来偿命啊？”

他笑了，她也笑了。

到了赡养院，他并没有就此离去，反而陪她进去看了殷朝宾。

老人的情况依旧，一看到她，浑浊的目光逐渐晶莹了起来，对着她喊“心慧”。

殷希一脸沮丧：“如果能找到心慧就好了。”

老人握着殷希的手，重复地说着:“心慧，乖，别哭，雅琦回来，我会罚她的。她真不像话，我一定要好好罚她。”

听着外公数落自己的母亲，殷希的心沉到了谷底。

曹立昆以眼神示意她去亲近老人。

“外公，我是希希，不是心慧，心慧在哪儿？她到底在哪儿？”殷希急切地想唤醒老人的记忆。

老人依然重复地叫着：“心慧，心慧……”

“外公，我不是心慧，我是希希，你的外孙女，雅琦的女儿希希呀！”

“雅琦真叫人失望，还是心慧乖，又考第一名了，真好，真好……”

“外公，你知道心慧在哪里？”

“心慧，乖，心慧最乖了……”

老人一再重复着心慧的名字，一会儿后，当他的目光从殷希脸上移开时，眼神又涣散了。

“外公，外公……”殷希殷切地呼唤着。

“他记不得了，别再逼他了。”曹立昆拍了拍她的肩。

离开赡养院后，殷希的心情又跌入谷底。

“外公只是对着我叫心慧，或者数落妈妈，我真不知道怎么办才好。”

“要是能找到心慧就好了。”

“我也希望，但外公什么都不记得了，上哪去找呢？奇怪的是，外公怎么会把我当成心慧阿姨，一定是我妈让外公失望透了，他才会提都不提她。”

“很有可能，人总是愿意记住美好的事情。”

“我不懂的是，既然外公那么疼心慧，心慧为什么从来不来看我外公呢？”

“等联络上夏思浩，不就知道了吗？”

“问题是他把我当成了诈骗集团，还说我妈没有女儿，怎么会这样呢？”殷希沮丧地说着，“我很怕在十八岁倒数计时结束前，依然什么也不知道。”

“瞧你，整张脸都皱成一团了，去海边兜兜风好吗？”

“不行，我得去找沈维刚，我跟他约好了。”

“你们约在哪儿？我送你去。”

“不用了，我自己搭车去吧，我想一个人静一静。”她走了两步，又回过头说，“谢谢你，曹叔叔。”

“真的不要我送你吗？”

她勉强挤出一个笑容，摇了摇头，然后转身而去。

望着她离去的背影，曹立昆突然有种失落感。他一直站在街角，看着她的背影消失在人群里。

Chapter 14

从那次后，曹立昆总会在她要去赡养院的时间出现在民宿里，然后以不同的理由载她过去。殷希也乐得有便车可搭，有曹立昆为伴，她仿佛多了一份依靠。

“为什么是表舅在照顾外公，而不是心慧呢？”她心里有许多疑虑。

“我相信心慧一定有重要的理由。”曹立昆说。

“有什么比得上自己的父亲重要呢？就算她再忙，总可以抽空来看看他吧！”

“她一定有无法抽身的理由。”

“会不会是她也病了，或者她已经……”殷希停了几秒才说出“死了”这两个字。

“别胡思乱想，心慧一定还活着，只不过是有事不能来罢了。”曹立昆瞥了她一眼，见她低垂着眼角，心里急了起来。

“那她为什么不来看我外公呢？”

“瞧你，又往牛角尖里钻了，耐心地等，夏思浩先生一定会跟你联络的。”

“你怎么这么有把握？”

“很简单，如果你是诈骗集团，或心怀不轨，就不会在看了夏思浩的信后，依然那么关心殷朝宾。一个失智的老人，你能从他身上得到什么好处呢？我相信只要你继续关心你的外公，夏思浩一定会被你打动的。”

“但愿如此。”

她靠在椅背上，不再吭声，思绪随着窗外的景致飘飞着。曹立昆也没再说话，却仔细留意着她的情绪变化。

过了好一会儿，她又开口说：“你知道吗？这些年来我很渴望了解自己的身世，却又怕追查了半天，得到的结果是我所无法接受的。”

“比方说？”

“我怕自己是一个不被期待的生命。我也担心自己是妈妈用来报复爸爸的工具，不然她怎么会一直咬着不放呢？好几次我都已经下决心不再提这件事了，她却好像怕我忘了似的，一再提起，一再地刺激我。”

“虽然我不清楚是什么原因造成了她的压抑性格，却不难想象她是一个活在矛盾中的人。她很痛苦，也很可怜，不管你将来发现了什么，我希望你都不要埋怨她。”曹立昆开解她。

“在理性上，我可以接纳你的建议；但在情感上，我不知道我能不能。如果她刻意隐瞒是出于保护我，或怕我产生误解，我当然不会埋怨；可是如果她是为了自己，把我当成报复的工具，那就另当别论了。”

“问题是，她都已经死了，有必要去恨一个死去的人吗？而且你也说了，她活着的最后一年，已经不再提那件事了，这意味着什么？”

“她不想再让这件事破坏我们的关系。”

“那她为什么会那么做呢？”

“因为……”

“因为她在意你。不管她隐瞒的动机是什么，我相信这个谜底一定会伤害你，也可能会破坏你们母女间的关系。所以当倒数计时的时间一天天接近，她心里的挣扎也一定一天天加深。如果她不在意你，不爱你的话，她大可继续刺激你，她就不会那么痛苦。如果她只是把你当成报复的工具，那她一定会像所有的复仇者一样，满怀着喜悦等待倒数终结的那一天，等着看你受伤的那一刻，不是吗？”

殷希默然不语。

“如果你认为我的分析合理，那么看在她爱你的分上，不要再怪她了。”

“我现在还想不到那么远，眼前我在意的是，怎么让夏思浩相信我，怎么找到心慧。至于我的外公，我已经不抱任何指望了。”

曹立昆看她那么消沉，灵机一动，跑去找李小姐。

“请你跟夏思浩先生说，殷老先生最近情绪很不稳定，请他回来一趟。”

“这不是事实，我不能这样说。”李小姐拒绝了。

“那是因为你没看见他刚才流泪！你没看见他握着希希的手，一会儿叫着心慧的名字，一会儿又叫着浩浩，浩浩就是夏思浩先生吧！他虽然遗忘了很多事，并不表示他没有感觉啊！我相信他一定很希望孤苦无依的外孙女能够得到照顾，只是表达不出来而已。你忍心让他一直活在遗憾中吗？”

李小姐抿着嘴，皱起了眉头。

曹立昆知道他快成功了，接着说：“你们的服务宗旨不只是供给病人吃、住，也包括照顾他们的情感，满足他们的心理需求，对吧？现在殷老先生有需求，而你是唯一可以帮他完成心愿的人，你为什么不肯帮他呢？”

曹立昆的口才让殷希佩服不已。

李小姐似乎被说动了。

曹立昆再度出击：“殷老先生的食欲变差了，为什么呢？因为他知道外孙女回来了，他担心她的未来，所以用最直接的生理反应来表达心里的哀伤。他的外表看起来好像好好的，但你敢保证他不会因伤心过度而有不测吗？如果他因为过于伤心而死，在法律上你当然不会有事，但心理上呢？你会不会觉得内疚呢？”

“好吧，我会告诉夏思浩先生的。”

“麻烦你了。”曹立昆向她表达谢意后，又提出另一个请求，“我想带殷老先生出去，三个小时后送他回来。”

殷希疑惑地看着曹立昆。

李小姐则是一脸为难。“我不能答应，只有亲属才能提出这个要求。”

“外孙女不是亲属吗？我相信你也认识我啊！我会负完全的责任。我只想带他回以前住的地方看看，说不定他会想起什么。”

殷希暗叫一声，真聪明。

“曹先生，我知道你是一片好意，可是，我们在跟夏先生的合约中注明了，除了他本人外，不容许任何人带走殷老先生。”

“我又不是想带走他，只是带他回以前居住的地方看一看，这并不违背条约上的规定啊！”

“可是……”

“这样吧，如果你无法决定，就让我见见你的主管吧！这么一来，你就不需要承担任何责任了。”

“我才不像你说的那么没担当，我只是依法行事。”李小姐一脸不悦。

“我就知道你是个很有责任感的人，我不会给你增添任何麻烦的。请你相信我，我会在约定的时间内，毫发无伤地把殷老先生送回来。”

“好，请你填写一下外出单。”李小姐终于点头了。

在曹立昆的帮助下，殷希带着殷朝宾回到了以前住的地方。

管理员热情地招呼他。“我是老李，你记得我吗？”

老人点着头。“老李，你好。”

殷希激动不已，管理员也兴奋极了。可是寒暄过后，老人又陷入重复的语句中。他什么也不记得了。

接着他们又去看了几个老邻居，大伙儿都热心地想帮忙，可他依然什么也想不起来。

将外公送回赡养院后，殷希的心情糟透了。

曹立昆从车上的镜子里看到殷希的泪水滚落下来时，他转了个方向。殷希并没有注意到窗外景致的变化，她原想等回到市区后，再打电话给沈维刚，当她回过神来时，眼前已是一片灰蓝色的大海。

“别怪我擅作主张，我觉得你需要安静一下。”曹立昆说。

殷希张着嘴，想说什么，却又把话吞了下去，打开车门走出去。

他们沿着海岸散着步，斜阳暖暖地照在身上，殷希的心情却很幽暗。

曹立昆把银灰色的夹克披在她身上。夹克在风中飘动着，轻打在她身上，她感到无比温暖。对父亲的渴望再度从心中升起，她毫不避嫌地靠在曹立昆宽大的臂弯里。当海面上暗了下来时，他们走回公路，两旁的路灯昏黄地照着他们的身影。他不时垂头看她，眼中溢满温情。她也仰头望向他，感到安全而放松。

他的眼神是那么温柔，他的臂弯是那么温暖，那是她向往的天堂，她梦中的摇篮，但她不敢过度骄纵。她宁可坐在风中，困在雾里，也不愿像个长不大的女孩赖在他的怀里。

回到民宿时，殷希的心情平复了下来，但一听到沈维刚来过了，一颗心再度不安起来。

“你也真是的，放着男朋友不管，跟一个老男人去兜风。”徘香带着责备的口吻说着。

“我当时实在是太伤心了，心里乱糟糟的。他很生气吧？”

“你去问他啊！”她冷冷一笑，转过身，身上的黑衣随之摇摆，像游魂般飘上楼去。

殷希回到房间，即刻打电话给沈维刚，他的手机关机，她的心情再度灰暗起来，无力地往床上一瘫。

暗淡的街灯像一层橘色的微光抹在她的身上，温温柔柔的，却感受不到她渴望的温度。她又拨了一遍沈维刚的电话，依然不通。她翻了个身，倦怠地躺着。

窗外传来一阵似有若无的乐声，像是一首流行歌曲，不知从哪儿传来的？她不喜欢这种造作的忧伤，旋律太缥缈，又含混不清，像是一段搁置了太久，淡得已经无法抓住的回忆。

她的十八岁倒数计时只剩下不到两百天了，能用的办法都用了，外公还是什么也想不起来，如果夏思浩不理她，她是不可能在倒数计时结束之前找到想要的答案的。

手机响了，是沈维刚。

“小刚，对不起，我不是故意爽约，我的心情太乱了。”

“算了，发生什么事了？”沈维刚并没有生气。

她说出下午发生的事，沈维刚安慰她：“还是试试网络寻亲吧！”

“我又没照片，也不知道爸爸的名字，什么都没有，要从何找起呢？”

“网络的力量比你想象的大得多。也许无法直接找到人，但说不定可以找到相关的人，再从那些人身上下手，总是能挖出些什么来的。试试看嘛，总比坐着干等好吧！看你心情不好，我也不舒服啊！”

她多么庆幸遇到一个如此体贴又大气的人。他们天南地北地聊着，直到午夜才不舍地挂断电话。

像沈维刚这样的男孩她以前也遇到过几个，徐徘英也有类似的特质，可是沈维刚和他们不同。他既不毛躁，也不幼稚。他的眼中有一种让人难以抗拒的力量。每当他看着她时，她就不会觉得孤独，还有一种淡淡的喜悦。她知道自己爱上了沈维刚，却又会不由自主地想起曹立昆。

曹立昆的热情和呵护，令她感到暖洋洋的。和他在一起有一种她从未体验过的安全感，这是拥有父爱的感觉吗？她就这么躺着，任由思绪飘来荡去，直到窗外透进淡淡微光，她才闭上眼睛。

迷迷糊糊之中，她感觉到有人拍着她的膀子，她困极了，不想理会。接着她听到有人叫她的名字："希希、希希。"是谁在叫她？是她的母亲吗？她的母亲老爱在半夜叫醒她，告诉她十八岁倒数计时还剩几天，然后默然而去。母亲死后，再无人能在半夜叫醒她，她却常常在梦中惊醒，醒来前总会看到一个巨大的数字，那数字是她十八岁倒数计时所剩的天数。

"希希，醒醒。"她不愿醒来，本能地缩起身子。

"希希，醒醒啊，希希，你快起来。"她清醒些了，是徘香的声音。

她睁开眼睛时，窗外已经一片清亮。徘香就坐在床边，正对着她微笑着。

她微嗔："一大早的，干吗啊？"

"我等不及想告诉你，我已经抓到感觉了，而且写了一些，不过现在还不能给你看，耐心点，再过几天，一部伟大的作品就要诞生了。喔，希希，你知道我有多兴奋吗？我多么想一刻不停地一直写下去，但我必须停下来，我得出去透透气，不然我一定会因过度兴奋而休克的。喔，希希，谢谢你，谢谢你帮我燃起了我十七岁的热情，带给我十八岁的希望。我要为你而写，为我们灿烂的十七岁而写，希希，耐心点，你很快就会看到我的作品了。"徘香的脸上交织着兴奋和疲乏，说完后一跃而起，像风一样地飘走了。

"发什么神经啊！"她拖着疲惫的身子下床，梳洗过后，下楼开始工作。

徘英果然没夸大，“乔宁民宿”的生意真的很好，都已经十二月了，还是天天客满。殷希的到来正好弥补了人手不足的缺陷，难怪乔宁老是说，自从有了殷希，她轻松了许多。

殷希将床单放入洗衣机后，开始打扫庭院。阳光洒在庭院的咖啡座上，以诱人的温度诱惑着过往的行人。

乔宁端着咖啡走出来，一脸喜悦地享受着冬日的暖阳。这几个月来她实在忙坏了，但看着民宿的生意蒸蒸日上，心里却有说不出的满足。

她向殷希挥了挥手。“希希，别忙了，过来陪我喝杯咖啡吧！”

殷希放下手中的拖把，在乔宁对面坐了下来。

“有些事让阿芬去做就好了，别把自己累坏了。”乔宁心疼地说着。

“你不也一样？从早忙到晚，哪有人像你这样当老板的？”

“还不是想省点钱嘛！将来徘香到国外念书，总是要花钱的。”

“她根本是不会去的，为什么不让她去做她喜欢做的事呢？”

“如果她肯脚踏实地去做，我当然赞成啊，可是她太不实际了，整天唉声叹气的，对什么都提不起劲儿，我怎么能不担心呢？”

“她最近不一样了。你没发现她很坚定地在追求自己的理想吗？”

“我当然看出来了。她现在的样子就像她爸爸以前有了新的想法，正在摸索、蕴酿的阶段，那是一种创作过程中的不安和焦虑，我希望她可以坚持下去。”

“我相信她一定会的。”

“希希，你最近常跟立昆在一起，有没有发现他好像老是心不在焉、懒懒的，对什么都提不起劲儿？”

“可能是他还没从‘立委’落选的情绪中恢复过来吧！”

“我也这么想，我要他和我一起发展九份的精致旅游，他也显得欲振乏力，真不知道该怎么办！”

“他很想他女儿……”殷希惊觉泄了密，幸好一阵高跟鞋敲击着地面的声响，把乔宁的注意力拉开。殷希寻声望去，看到欧阳阳正朝她的方向走来。

欧阳阳穿着一件白色长袖运动衫，紧身牛仔短裙，黑色网袜。运动衫上那个血红色的英文字LOVE，随着她的胸部起伏晃动着。

她在殷希面前停了下来，满脸的笑容，转个身，背后同样是一排血红色的英文字“I’m in love”。

“打扮得这么漂亮，去约会啊？”乔宁以疑惑的眼光看着她。

“才不是呢！我是来找希希的。”欧阳阳虽然否认，羞涩的表情却透露了她的心事。她把一个牛皮纸袋交给殷希。“给徘香的。”

“这是什么？”殷希问。

“一些战俘营的数据，前天有两个文史工作室的人来找我爸聊天，我听他们提到了战俘营，突然想到徘香可能需要，就问他们有没有什么数据，他们给了我这些。”

殷希从牛皮纸袋里抽出资料时，乔宁开口问：“希希，你刚刚好像说立昆想他的女儿？是我听错了吗？”

殷希的心猛然抽跳了一下。“乔阿姨，我是说曹叔叔很想要有个女儿，如果你们结了婚，他不就有个现成的女儿了吗？”殷希急忙垂下头，生怕乔宁看出她在说谎。

“对呀，乔阿姨，你们什么时候结婚啊？”欧阳阳兴味盎然地问道。

“徘香不点头，我们就不可能结婚的。”乔宁叹了口气。

“我不懂她为什么反对，曹叔叔人那么好。我要是她，有一个这么好的爸爸，连做梦都会笑呢！”

“徘香才不会这么想呢！”

“乔阿姨，你不怕拖久了感情变质，或者有第三者介入？”

“我和立昆都这么多年了。爱情对我们来说，不再是甜言蜜语，而是一种心灵的默契，有时候是一声关怀的问候，有时候是一杯热茶，或是一双温热的手，一个可以依靠的肩膀，你们不觉得这样就够了吗？”

“那怎么够呢？爱情必须像火一样热，像酒一样烈，像蜜一样甜。”欧阳阳亢奋地说着。

“我们都这把年纪了，哪还能像你们一样天天把爱挂在嘴边呢！”

“谈情说爱是不分年龄的，我以前有一个邻居都六十几岁了，还跟他的女朋友天天在街上公然亲吻，什么甜心、爱呀，说个不停，你或许会觉得他们恶心，可是很多人都很羡慕他们呢！”殷希说。

“文化不同啊！我要是跟曹立昆在街上亲吻铁定会被骂不要脸的。”

“不会的啦，乔阿姨，爱要勇敢表达，不然它可是会悄悄溜走的！”欧阳阳嬉皮笑脸地说。

“乔阿姨，我们会劝徘香的，你还是快跟曹叔叔结婚吧！”殷希说。

“你结婚的时候，就让我们三个当你的伴娘，怎么样？”欧阳阳接着说。

“瞧你们说的，好像我明天就要结婚似的。”乔宁笑盈盈地说，“你们聊吧，我还有事。”她起身走进屋里，惊动了一只黑猫。它从庭院的栏杆上跳下来，迅速地钻入花丛里。

欧阳阳把椅子挪到殷希身旁，低声说：“有个舞蹈系的学生要参加国标舞比赛，邀请我当他的舞伴。”

“你会吗？国标舞很难学耶！”

“我只想跟他在一起，管他什么比赛！”欧阳阳瞄了一眼民宿，“徘香呢？她最近老看不到人，是不是在谈恋爱啊？她整个人都亮了起来。”

“她有没有在谈恋爱，我不知道，我只知道她找到了自己奋斗的目标，正在全力以赴。”

“这个我当然知道，但以我的观察，应该不只是这样。下回我再问问她。我走了！”

高跟鞋又嗒嗒嗒地响起，把沉睡在秋阳中的小城敲得咚咚响，殷希的目光追随着她的背影，直到那火红的英文字母淡去为止。

徘香真的在谈恋爱吗？跟谁呢？

会是沈维刚吗？殷希被这个想法吓坏了，急忙甩了甩头，怎么可能？

徘香喜欢沈维刚，这一点殷希早就看出来了，要不是沈维刚对她用情至深，她一定会忐忑不安的。想到沈维刚，殷希的心又是一阵暖洋洋的。

那只黑猫又出现了。它跳上栏杆，像一团移动的黑影，轻巧得连殷希都没惊动。它走到栏杆尽头，从一束蓝色的花丛溜开。

手机响了一声，殷希拿出来一看，是曹立昆传来的短信。

我女儿的生日快到了，能请你以一个年轻女孩的眼光帮我挑件礼物吗？这件事对我很重要，请务必帮忙。请保密，不想让乔宁知道这件事。

Chapter 16

殷希以去赡养院为借口，和曹立昆约在市区的百货公司见面。

他一看到她，满脸笑意地迎上来。“我真怕你不来了呢！”

她则是一脸不安。“既然答应了，我自然会来，只是瞒着乔阿姨，让我觉得很不安。我觉得你应该跟她说的。”

“对不起，希希，我不该让你觉得不舒服的。我会找时间跟她说，只是这件事来得太仓促了，让我有点儿措手不及。”

“怎么会突然联络上？”

“也不是突然，其实我一直都知道她们在哪儿，这些年来我也在经济上支持她们。以前我太忙了，孩子的妈妈也不希望我打扰她们，所以就没有往来。落选后我的时间突然多了起来，你知道人一旦空下来，很多被忽略的感觉都会涌现出来，这时候我才发现我多么想念她。这些年来我没尽到一个做父亲的责任，觉得好愧疚。”

殷希有感而发地说了句：“她真幸福。”

曹立昆愣住了：“你说谁？”

殷希脸上浮现出一抹哀愁。“你女儿啊！我爸爸要是也像你一样想着我，我一定高兴死了。”

他安慰着她：“他要是知道有一个像你这么好的女儿，一定会天天想着你的。”

她叹了口气。“就怕他从来都不知道有我的存在！”

“瞧你愁眉苦脸的，怎么帮我买礼物呢？”曹立昆怕她陷入愁云中，故作生气地说。

“对不起，曹叔叔，我也不知道怎么回事，在你面前总是特别容易伤感。”殷希勉强挤出笑容，“想买什么呢？”

“我们先去看看衣服，好吗？”

“我又不知道她喜欢什么款式，也不知道哪种颜色适合她，怎么挑呢？”

“就挑你喜欢的，我相信你的眼光和品味。”

“万一她不喜欢呢？”

“那也没关系，至少让她知道这个爸爸送的礼物不太差啊！”

“尺寸呢？”

“根据她妈妈的说法，她的身高和体型应该跟你差不多，就依你的尺寸来买吧！”

殷希挑了一件毛衣、一件短裙和一件外套，都是比较有弹性的材质，不论曹立昆的女儿比她胖一点儿或瘦一点儿都可以穿。她还看中了一件洋装，曹立昆怂恿她去试穿，她也想看看那件洋装穿在身上的样子。试穿后她喜欢得不得了，曹立昆的目光也一刻未离，直说：“漂亮，真漂亮。”殷希开心极了，但考虑到尺寸，她又万分不舍地把洋装挂了回去。

“为什么不要呢？”曹立昆问。

“如果身材不合适，就穿不出这件洋装的味道了。”

“可以修改，不是吗？”

“太麻烦了，还是算了吧！”

接着他们又来到卖鞋子的区域，殷希更加为难。

“鞋子最好亲自试穿，曹叔叔，你还是等见到她以后再带她来买吧！”

“那不知道要等到什么时候呢！没关系，就挑你喜欢的，要是不合适，她可以送给别人啊！”

“那不是太浪费了吗？”

“总比让她以为我这个爸爸太小气好吧！”

殷希看了半天，挑中了一双可以和外套搭配的鞋子。

买完礼物后，曹立昆满脸欢喜地说：“希希，你今天帮了我的大忙，一定得让我请你吃顿饭才行。”

殷希早已经饿了，也就没推辞。她原以为吃个便饭，没想到曹立昆带她到了一家相当高档的餐厅，她受宠若惊地说：“曹叔叔，太豪华了吧！”

他开心地笑着说：“有这么漂亮的小姐陪我吃饭，我怎能太寒酸呢！”

她虽然觉得过意不去，但被捧在手心里的感觉让她感到很幸福。她含笑走了进去。

柔和的烛光，可口的美食，还有曹立昆温柔的呵护，眼前的这一切让殷希仿佛飞上了云端，她笑吟吟地说：“我觉得我现在好像公主喔！”

曹立昆双眼发亮，极其温柔地说：“你就是我的公主。”

殷希摇着头：“我没把你当爸爸，你也别把我当女儿。”

曹立昆收起笑容，严肃地说：“我从来没把你当女儿看，你在我心目中比女儿更重要。”

殷希还是一脸笑意。“小心点，这话要是让你女儿听到了，就算你送再多礼物，她也不会理你的。”殷希瞄了他一眼，心中顿时一惊。她在曹立昆的眼中看到了和沈维刚一样的深情。她急忙把眼神移开，心想一定是自己看错了。

曹立昆还是专注而柔情地看着她，殷希感到不自在，急忙转移话题：“曹叔叔，你将来打算做什么呢？还想再选‘立委’吗？”

“还没想那么多，最近老觉得懒懒的，不太提得起劲儿来。”

“是中年危机吧！很多人到了你这个年纪都会有类似的问题。我以前有个老师就是这样。”

“是吗？那我该怎么办呢？”

“重新找出生命的热情啊！你得认真地想想，什么东西是你现在最想追求的；还有，什么东西能带给你真正的快乐。只要你静下来，倾听自己的心声，就一定会找到的。”

“你说起话来挺像个大人的！”他把重音落在“像”字上，微微笑着。

殷希也笑了。

“你跟乔阿姨怎么认识的？”她问。

“我跟乔宁啊，认识好多年了，我们一直都维持着朋友的关系，直到四年多前我们恰好都离了婚，可能是同病相怜吧！很自然就在一起了。乔宁很热情，也很洒脱，跟我前妻的性格正好相反，我受够了我前妻那种凡事都放在心里、只会生闷气、不干不脆的性格，跟乔宁在一起我觉得很轻松。”

“你离婚后怎么没想到去找你以前的女朋友，我是说你女儿的妈妈？”

“隔了太久了。当时我们爱得很深，但碍于我是个有妇之夫和政治人物，她始终躲在暗处，我向她承诺会在适当的时机结束婚姻，可是离婚的事一年拖过一年，她受不了了，便带着孩子去美国投靠了她的姐姐。我们已经十多年没见了，也不知道她有没有结婚？有没有男朋友？”

“你女儿没问起你吗？”

“我不知道。这次她会让我跟女儿联络，可能是孩子的年纪渐渐大了，就像你一样，她大概也想知道自己的爸爸是个什么样的人吧！”他见殷希的眉头又皱了起来，急忙说，“我看我们还是别谈这个了，免得你连饭都吃不下了。”

“谈谈你跟乔阿姨吧！你们打算什么时候结婚呢？”殷希甩了甩头，好像想借此甩掉心中的忧愁似的。

“我跟乔宁啊，怎么说才好呢？”曹立昆叹了口气，思索着该怎么说下去。

“你应该知道，她很爱你的。”

“我知道。她也提起了结婚的事，还说我们可以一起经营旅游业。她想以民宿为基点，以日本、韩国和新加坡的游客的诉求为重点，发展北部地区的精致旅游，我觉得她的想法很好，可不知道为什么我就是提不起劲，总觉得生命中好像缺了什么，如果时光能够倒流个二十年，我就……”他的目光停在殷希脸上。

“年轻有什么好，什么都没有！”殷希垂下头。

“名利和权势是可以靠着努力去追求的，青春却是一去不回。”

“瞧你，怎么把自己说得像个老人一样。我觉得你应该去度个假，不如带乔阿姨一起去吧，民宿就交给我，十天半个月的还不至于倒店。怎么样，我去跟乔阿姨说。”

“还是先去问问徘香吧！她同意了，乔宁才有可能去。”

“这件事就包在我身上，我会说服徘香的。”殷希说得志得意满，却没留意到曹立昆的眼中闪过一抹失落。

吃完饭后，殷希决定自己坐车回去，曹立昆了解她的顾忌，也就没有坚持。他送她到车站后，从后车厢拿出一袋东西，殷希认出那是刚才买的衣服，顿时有种被戏弄了的感觉，不悦地说：“你想送我东西，也不必玩这种花招啊！”

“希希，你别误会，我看到这些衣服穿在你身上是那么好看，才会临时起意在结账时请他们多拿了一份。瞧，车子里还有一袋，那是给我女儿的。希希，请你一定要收下，我是真心诚意想谢谢你。”

“可是你已经请我吃饭了。”殷希反驳。

“你陪我吃饭怎么能算呢？你一定不相信，这是我落选以来吃得最愉快、最轻松的一顿晚饭。这样的机会我求都求不来，怎能算是对你的酬谢呢？”

殷希依然僵在那里，不知道该不该接受。

曹立昆突然伤感了起来：“你挑的那些衣服，我大概没机会看我女儿穿了，看你穿，对我来说也算是一种补偿吧。请你体谅一下一个思念女儿的父亲，收下这些礼物吧！”

殷希被他说动了："好吧，下次你要是再玩这种把戏，我铁定会翻脸的。"

曹立昆笑了起来："下次我一定会找个光明正大的理由，让你难以拒绝。"

殷希也笑了。

上了车后，她回想起在百货公司里的情景，更加确定曹立昆要她帮忙只是个借口，他真正的目的是想送她礼物。她查看了袋子里的东西，她喜欢的那件洋装也在里头，更令她惊喜的是那件水蓝色的衬衫，她当时只是多看了一眼，并没有试穿，他竟然看出了她的心思。他的细心让她感到窝心，也让她恐慌起来——她并不是没有发现曹立昆看她的眼神。她突然有种罪恶感，觉得自己坏透了。

她明知道曹立昆对她怀有感情，却利用他来满足自己对父爱的渴望，如果害他越陷越深，该怎么办？

不可能的，她对自己说。像曹立昆那么精明的人，不可能真的爱上一个和自己女儿年纪相仿的女孩。他对她的呵护只是一种父爱的转移，就像她渴望父爱一样。他俩谁也不欠谁。

他是爱乔宁的，就像她爱沈维刚。他们各有各的感情归属，不可能擦出什么火花。她和曹立昆之间的暧昧只是一种心理上的补偿，一种游移在亲情和爱情间的情愫，只要彼此都不戳破，她就可以继续享受他那如父亲又如情人般的爱，他也可以从她身上得到女儿的爱。

车子行驶在黑暗中，她看到自己的面容朦胧地映在车窗上，那是一张多么自私的脸啊！

她看着自己，问着自己，乔宁在她最落魄时对她伸出援手，她怎么可以伤害她？还有沈维刚，他在她生命最困顿时给了她温情。没有沈维刚，她的十七岁恐怕会更为黯然，她怎么能让他心碎呢？

不能，她不能伤害他们，必须及时收手。乔宁不是笨蛋，她难道看不出来吗？还有沈维刚，他也察觉不出来吗？

她突然想起，有一次沈维刚开玩笑似的对她说："如果曹立昆是你的爸爸，那我就不会在意他那样看你了。"她的心怦然剧跳着。

车子驶入九份山区时，她再度警告自己，今后得跟曹立昆保持距离。

Chapter 17

那天夜里，殷希在一阵冰冷中惊醒。

她睁开眼睛，房里黑漆漆的，窗帘在惨白的月光下摇晃着，冷风从窗口灌了进来。

透过闹钟的荧光灯，她看到时针指向凌晨3点，当她准备起身关窗时，两道冷光不偏不倚地射向她。

“你想吓死人啊！”殷希伸手准备扭开床头灯。

“别开灯。”徘香制止了她。

“你到底想干什么？”她把手缩了回来，一脸不悦地说着。

昏暗的月光从窗口投射进来，幽幽淡淡，正是徘香喜欢的气氛。她总是说，黑暗是纯粹的感受，黑暗让人卸下伪装，在黑暗中才能成为真正的自己。

“你想吓死我啊！”殷希咒骂着。

“对不起，希希，我不该在这时候吵醒你，但我忍不住，我必须找人说话，不要生我的气，谁叫你用十八岁倒数计时来诱惑我呢？我已经开始动笔了，问题都解决了，我太兴奋了……”

“你在梦游吗？”

“我这一生再也没有比此刻更清醒了。你看，我已经写了好多，我找到我的十八岁倒数计时的目标了。我要跟你一样把十七岁活得轰轰烈烈，不管成败，都要全力以赴。你看，这是我的成果。我知道我可以做到的。我好兴奋呀！”徘香把一沓文稿摊在殷希面前。

“这是你的小说？”

“对，我已经写了好几章，书名也想好了，叫《情牵阴阳海》，你觉得怎么样？喔，先不要发表评论，等看了故事再说。谢谢你，希希，如果不是你，我的十七岁就不会这么精彩。我已经浪费太多时间了，所以我要更努力，我一定要在十八岁倒数计时结束前完成。”

“你知不知道现在几点了？有什么话不能等到明天再说吗？”

“不行，我现在热血沸腾，我睡不着。希希，不要折磨我。不要这么残忍，陪我聊聊吗！”徘香一脸疲惫，背着月色站着。冷风把她的长发吹得飘飘扬扬，好像几千条漂浮在海中的黑色水草。那疲惫的面容在暗黄的光晕中，有种凄然的美感。

殷希瞅了她一眼。“反正都被你吵醒了，你想谈什么呢？”

她微微笑着：“你先把第一章看完，我们再说。”

“一定要现在看吗？”

“对，立刻就看。”

殷希扭开床头灯，徘香又退回暗处，靠着墙，坐了下来。

下了火车后，他们开始了一段漫长的步行。

天气很坏，天空灰黑得令人喘不过气来，细雨飘飞，还夹带着阵阵凉风。

没有人知道他们将被带到哪儿去，只见沿途的景象越来越荒凉，雨往脸上拍，风往胸口灌，每个人都沉重得迈不开脚步。

这阴霾的风雨正预告着险恶的未来，严苛的命运在路的尽头等待着他们。就算是平时碰到这种黏稠到化不开的雨丝，这种直刺肌肤的冷风，任何人都会心情低落，更何况他们现在正走向生命的尽头。

冰冷的雨丝，晦暗的天空，悲惨的命运，温格利其实并不是那么害怕。他担心的是再也无法回到家乡，无法再见到自己的未婚妻希希莉亚。死亡不过是一颗子弹穿透胸膛的刹那，等待却是一种漫长的折磨。成为一个战俘，就像被判了无期徒刑，不但得承受肉体上的耗损，还有心灵上的孤寂。这些他都不怕，他怕的是以后再也见不到心爱的人。

他们走了六七英里了。雨依然下着，风也吹着，他的双手、双脚都冰冻僵硬，他真怕自己随时会倒下去。

一座山脉映衬在灰蒙蒙的风雨中，仿佛一张褪了色的照片。迷蒙的雨雾从天际直垂下来，遮掩了他们的视线，隐约中看到几个穿着土黄色衣服、戴着安全帽的工人穿梭其中，那究竟是一个什么样的地方呢？温格利仰着头，望着那座即将掌控他们命运的山幛，心中的沮丧就像头顶的天空，晦暗混沌。

转入村里后，他们朝着一所学校走去，远远便看到学生们列队站在车道上，像是在欢迎他们，又像在观看什么奇怪的动物。

他的目光无法不投向他们。那些孩子笔直挺立，庄严肃穆，打着赤脚，双腿并立地站在湿淋淋的泥地上。那些孩子安静得像群小猫，又像支训练有素的童子军，一双双明亮又好奇的大眼睛紧盯着他们。在孩子的身后，他发现了更多隐藏在烟雨中的目光，不同于孩童眼中的单纯，那些目光夹杂着难以捉摸的情感——那是他从未见过的一种眼神。

战争扭曲了人的性格，许多善良的人会在战争中做出连自己都想不到的事，如果当地人仗着日本人的气势欺压他们，他不会觉得奇怪，不过在还没遇到之前，他宁可相信他们是一群善良的百姓。

他们一大群人挤在狭小的木屋里，每个人所分到的地方只够一个身体平躺下来，一人一条薄被，根本抵抗不了夜里的寒气，大家只能靠着彼此的体温熬过漫漫寒夜。床，坚硬如铁，安抚不了疲惫的身躯，他们却又是如此地需要它。窗外的冷风呼呼吹着，雨又落下来了，在这寂静的夜里，温格利的心情更加低沉，他不知道过了今晚，明天睁开眼睛时，迎接他们的将是什么样的命运？

战俘营的四周不但筑有高墙，前后又有卫兵看守。监视他们的头子是个日本人，叫山大尉，他的手下有不少士兵，位阶最低的一二等兵是本地的台湾人，山大尉每次来巡营时都是全副武装，身上带着军刀，手上戴着手套，脚上穿着长筒马靴，趾高气扬的嘴脸令人厌恶透了。

他动不动就要来个精神讲话，一再骂他们是野蛮的英国人，耻笑他们没有尽到一个军人的义务，成为敌人的俘虏是多么丢脸的事；还说他们要是有一丝的荣誉感，就应该战死沙场，苟且偷生地活着真是丢脸。他一再强调，日本军人宁可切腹也不愿当阶下囚；还说他们能活着都是日本天皇的仁心仁德，所以必须加倍努力回馈天皇的恩德。俘虏们个个面无表情，却都在心里咒骂。

温格利默默望着他，心里想着：战争还未到最后，谁说他们败了？这个山大尉太狂妄了。

他们尚未进入矿坑工作就已经有好几个人病倒了。那里的环境太糟糕，冰冷的米饭难以下咽，而且少得根本塞不满他们的胃。

温格利很担心没有足够的体力，又要从事大量劳动，恐怕撑不了多久就会命丧黄泉。

他在日记上写着："死虽然非我所愿，但，那何尝不是一种解脱呢！只是无法再见到你，让我心痛，让我不甘。希希，我的爱，给我力量，给我存活下去的勇气……"

这段文字写得很优美，文中那种浓稠的愁苦和对未来无法预知的绝望，还有优雅的字迹，都深深吸引着殷希。

"你写得很好，可是……"

"怎么样？"徘香的声音从暗处传来，眼中露出迷人的目光。

“为什么要用我的名字？”

“我不仅用了你的名字，也用了我的名字。在这个小说里会出现两个少女,她们分别爱上了温格利。为了替她们取个特别的名字，我想得头都快破了，后来灵机一动，为什么不让那个英国少女叫希希莉亚，昵称希希；那个台湾少女就叫白香，和我的名字只有一音之差。”

“Cecilia 是个不错的名字，但你必须选不同的字，你可以用东西的西，或直接用英文字母 CC，就是不能用希希。”

“为什么？我煞费苦心，就是想让你我共存在这个故事里，这是我们的故事，如果换成别的名字，味道就完全不同了。”

“我不懂，你写的是战争时代的故事，跟我们有什么关系呢？”

“这个故事看似跟你我无关，但在小说里，希希和白香爱上了同一个男人，在现实生活里，我们也可能爱上同一个男人，是不是？”

“你是说你喜欢沈维刚？”殷希一惊。

“我累了，我想睡了。”徘香站了起来。

“等等，你还没回答我的问题！”

“故事会怎么发展，我还不知道，你如果那么介意，我就用英文字母 C 吧！反正音一样就行了。”徘香无力地说着，然后，像游魂似的飘了出去。

那晚，殷希一夜无眠。

“为了帮你弄好这个网站，我可是花了不少时间呢！”沈维刚一边进行测试，一边得意地说道，“一定会有结果的……”

一阵敲门声打断了沈维刚的话，殷希开了门，徘香笑盈盈地走了进来。

“我约了周邑、欧阳阳和欧阳阳喜欢的那个男生去报时山，你们要不要加入呢？”

“好啊，天气这么好，芒花一定开得很漂亮。”殷希立刻附议。

“何止漂亮，简直就像一片雪浪，连阴阳海也格外美丽呢！沈维刚，你呢？去不去？”

“我去，他就一定会去。”殷希靠向他，温柔地问着，“是不是，小刚？”

“我还是先把网站弄好吧！接下来还有一堆报告要交，今天要是没弄好，恐怕得拖上好一阵子。”沈维刚说。

“难得天气这么好，真可惜！”徘香向殷希眨了眨眼。

“不会花太多时间的，回来再弄吗！”殷希撒娇着。

沈维刚踌躇了一下，终究还是答应了。

半个小时后，他们到了劝济堂，周邑已经到了。欧阳阳和那个舞蹈系的男孩锺屏也到了。他们俩面向着战俘营，头靠着头，像在说悄悄话似的，不时发出盈盈笑声。锺屏的个儿不算高，结实干练，身体的线条很美，颇有舞者的架势。

人员到齐后，大家两两结伴走上步道。

"'报时山'这个名字好特别喔！有什么典故吗？"殷希问沈维刚。

"在日据时代那里有个大型的警报器，每当空袭的时候就会嗡嗡响，所以叫作'报时山'。它虽然名字里有个'山'，其实只是个小山坡，有条木栈道通到山上的凉亭，很好走。"

沈维刚说完，徘香突然回过头，给予沈维刚赞美的一瞥，随即带着春风般的笑容往前跑了过去，一头长发在风中飘飞着。

"徘香看起来很开心，你也是神秘兮兮的，你们俩在玩什么把戏？"沈维刚有种被蒙在鼓里的感觉。

"哪有啊！"殷希的心被徘香的笑容刺痛了，心里有种不祥的预感，只闷着头径直往山道走去。

沈维刚随即跟了上去。

冬日的阳光把整片山头染成了让人雀跃的金黄色，风好轻，好柔。他们一路絮絮而谈，笑语随着微风飘浮在天际，殷希心中顿觉清爽起来，沈维刚则庆幸没有执意要待在屋里。

到了木栈道口，沈维刚欣喜地叫着："好多气球喔！"

殷希也发出一声赞叹，目光随着气球一路望去。

气球绑在木栈道的扶手栏上，每隔一两米就有一个，两边都有。

各种不同的颜色随着风儿飘舞着，煞是壮观。

徘香带着神秘的口吻说："气球上写了字呢！"

沈维刚仔细一看，随即张大了嘴，惊喜得连句话也说不出来。

殷希念出气球上的字："沈维刚，Happy Birthday！"

徘香、欧阳阳、周邑和锺屏分别站在木栈道的两侧，齐声喊着："小刚，生日快乐！"

沈维刚一脸惊讶地说："今天不是我的生日啊！"

殷希也呆住了！徘香跟她说过要替沈维刚庆生，她原以为只是买个蛋糕一起到山上庆祝，没想到她居然如此煞费苦心。

徘香笑盈盈地说："我知道，大后天才是你的生日，可是那天你有课，所以提前为你庆祝啊！"

"希希，谢谢你。"沈维刚激动地张着嘴，深情地望着她。

"我什么也没做，点子是徘香出的，你要谢就谢她们吧！"殷希有种被欺骗的感觉，心里很不是滋味。

"不必谢了。"徘香笑得好灿烂，从背包里拿出一件背心，后面贴了沈维刚三个大字，"穿上它，我要让所有的人都知道你是寿星。"

"太招摇了吧！"沈维刚嘴里虽然这么说，眼中却流露着感动的神情。

"二十岁生日嘛，当然得特别点儿啊！"徘香替沈维刚套上背心，然后转身对殷希说："谁说你什么也没做，只有你才能让沈维刚大老远跑来，没有你，今天的庆生会就没有寿星了。"

殷希酸溜溜地说："但愿我过生日的时候，你们也会让我这么惊喜。"

“你放心，我一定会让你度过一个一生中最难忘的生日。”沈维刚抢先说。他的心中被一种激情填得满满的，“你也一样，徘香，我也会以诚挚的心回报你的。”

这时候两个刚从劝济堂上来的男女一看到气球，也是一脸欣喜，纷纷对沈维刚说：“生日快乐！”女的还撒着娇对男伴说：“我生日时你也要这么做。”

男的则羡慕地对沈维刚说：“你的女朋友好贴心喔！”

沈维刚脸上的笑容更为灿烂。“是啊，我拥有一个全世界最棒的女朋友。”他搂着殷希，殷希这才开心起来。

那对男女走后，徘香吟吟笑着说：“我不喜欢过生日，沈维刚，你要真想谢我，就给我点意见吧！我的小说碰到瓶颈了！”

“写小说我不会，不过我们可以聊聊。”沈维刚一个箭步上前，跟徘香并肩迈开脚步，两人边走边说，不时传来悦耳的笑声。

“别担心，他跑不掉的。”周邑转身对殷希说。

“你怎么知道？”殷希红着脸。

“从他看你的眼神，谁都可以看得出来。”

“你也常这样看着徘香，你是喜欢她的，对不对？”

“可是她并不喜欢我啊！她在期待一个让她一生难忘的人出现。”

“她是说过，十七岁时如果爱上一个人，千万不能看他的脸，否则，就得用一辈子的时间来忘记他。你呢？你是否需要用一辈子的时间来忘记她的脸？”

“我不像她那么执着，我觉得十七岁的爱情就像烟火一样，为了瞬间的灿烂，可以把整个人，整颗心都丢进去。烟火灭了，爱情也就消逝了。”

“这么短暂？”

“刹那即是永恒。你呢？怎么形容十七岁的爱情？”

“坦白说，我没特别针对年龄想过爱情应该像什么，我都是凭感觉，感觉对了，爱情就滋长了，感觉淡了，自然也就散了。”

殷希闷着头走了几步，还是忍不住开口问周邑：“徘香喜欢他，对吧？”

“重点是沈维刚喜欢你呀！”

“徘香比我漂亮，他们俩又有共同的话题，为什么沈维刚非要我不可呢？”

“在我眼里，徘香是比你漂亮，那是因为我喜欢她，但在沈维刚眼中可就不是这样了。”周邑停下脚步看着她，“撇开外貌不说，你有一种与众不同的气质，当我第一眼看到你时，我就被你吸引了，如果不是徘香，我也会追求你的。”

“与众不同的气质？欧阳阳和曹叔叔也都这么说过，那到底是什么呢？”

“我想是文化差异吧！”

“你是说我吸引沈维刚，是因为在他眼中我很新鲜，很不一样，可是当我在台湾待得够久了，我身上的文化差异不见了，他就会对我厌倦了？”

“不管你在台湾待多久，你还是你，不同的文化刺激只会让你变得更迷人。你真的不用担心。”

殷希还是很担心，而且有种强烈的不安全感。最亲密的人往往是伤害你最深的人，就像她的母亲一样。她提醒自己该提防着徘香。沈维刚呢？是不是也该防着他呢？

她闷声不响地走着，周邑默默地跟在后头。

“我也在进行十八岁倒数计时。”周邑突然说。

“你的目标是什么呢？”殷希吃惊地停下脚步。

“回家。”

“你不住在家里？”

“我住在寄养的家庭里。”

“为什么？”

“家暴，你听过吧？”他就着山风，低声说，“我是被我爸打跑的。”

殷希倒抽了口气，用怜悯的目光看着他。

“从小我就是个很软弱的孩子，套用一下徘香的话，我是个善良得几乎失去了一切力量的人，在很多事情上总是唯唯诺诺。我从不会为自己据理力争，遇到挫折就躲进画的世界里。我五岁的时候失去了爸爸，八岁那年妈妈再婚，我很怕我的继父，他很凶，也很严。只要有他在，我就会胆战心惊。后来他去成都工作，每隔两个月才回来一次，因为回来的时间短，我们之间的关系变得不再那么紧绷。后来，他那边的工作没了，回来后找工作又不顺利，便把所有的精力都放在我的身上。他开始管我，盯我，不准我画画。我们互相忍耐着，可是情况越来越糟，我有预感他一定会打我，只是时间比我预计的还要早。”他的语气里充满着痛苦，仿佛那是昨天才发生的事。

“他第一次动手后也很懊恼。我看得出来，他并不是故意的，只是控制不了自己。可是有了第一次，往后的行为就变得顺理成章，他只要一不高兴就会动手，我忍着，我妈也尽可能护着我。我们都期待他快点找到工作，情况却不尽如人意。他打我的频率越来越快，我妈不敢向有关部门求助，她怕我会被带走。有一次我差点被他打死，我逃离了家，在街头流浪了一阵子，现在住在寄养家庭里。”

“你妈呢？她为什么不带你走呢？”

“我还有两个妹妹，她也不想离开我继父。我继父对她并不坏，只是跟我合不来。她常来看我，每次都说我继父很后悔，希望我回去，但我不敢。我甚至害怕看到他，可是我又很想家，所以我就跟自己说，把身体练强壮一些，等我十八岁了就回家，到时候我会跟他说，我已经是个大人了，你不能再碰我了！”

殷希没想到周邑竟然有这么一段悲惨的故事。

越往上走，景色越迷人，基隆山化身为风姿绰约的大肚美人，默默地躺在对面的山头。远处的海水一片湛蓝，阴阳海像个含羞带怯的女孩，默默漂浮在秋风中。殷希顿时忘了攀爬的疲累，满心愉悦。

“视野好开阔，这里是眺望阴阳海的最佳地点。”沈维刚说。

“也是欣赏茶壶山的好位置呢！”徘香恣意舒展着身体，望着眼前的白色花浪，陶醉地说，“山风微起，雪花轻飘，我体会到了被温柔打动的力量。”

一个茶壶形的山头映衬在蓝天里，山坡上白茫茫一片，如细雪般的芒花迭成了温柔的浪，随着山风恣意摇摆着。真是美极了。

欧阳阳从锺屏的提袋里拿出蛋糕，插上了蜡烛，大伙儿唱起了生日快乐歌。

“许愿吧，两个公开，一个保留。”欧阳阳说。

“我可以三个都公开。”沈维刚的笑容灿烂如阳。

“说吧！”徘香依旧笑盈盈的。

“我的第一个愿望是：这个学期每科都过关。”

“太没创意了。”锺屏说。

“第二：我希望希希的寻亲网站能达到预期的效果。”

殷希转过头，正好迎上沈维刚的目光。他那炽热的心融化在专注的眼神中，她回以感动的一瞥，眼神随即羞涩地飘开。她的目光随着气球飘飞着，在那一个个飞扬的气球中，她感受到了这个男孩深情的爱。

“第三：我希望，我喜欢的人永远不会离开我。”沈维刚的目光依然紧随着殷希，殷希的心激烈地跳动着，两人的目光再度交会，在那深情的凝望中，她的心定了，同时也问着自己：那会是她要用一辈子的时间来遗忘的脸吗？不，她不想把这张脸刻印在心头上，因为她不想遗忘，她想随时看着他。

欧阳阳带头起哄喊着：“Kiss！ Kiss！”锺屏也加入，殷希双颊绯红，娇羞地说着：“别闹了。”她的目光不经意地飘向徘香，她没看到她的脸，只看见她那一头乌黑的长发在风中飘动着。

周邑突然说：“沈维刚，如果可以的话，我想建议你修改一下第二个心愿。”

“怎么改呢？”沈维刚问。

“把寻亲网站改成十八岁倒数计时网站，这样徘香和欧阳也可以加入。她们每个人都有自己专属的网页，在这个网页里秀出个人的目标和倒数计时的天数，还要定时更新倒数计时的进度。然后再设个分享区，让那些也在进行十八岁倒数计时的网友，上网互动，你觉得可行吗？”

“这个点子很棒，我喜欢。”沈维刚说。

“我也觉得很有创意，徘香，你觉得呢？”殷希说。

“我当然要加入哇！我们一定要把十八岁倒数计时网站弄得有声有色。”她回头，带着迷人的笑容说。

“我也要加入，”欧阳阳兴奋地说，“锺屏邀我参加青年国标舞大赛，我决定把它当成我的十八岁倒数计时的目标。”

“可惜，我就快二十岁了，不然我也想加入。”沈维刚沮丧地说着。

“你还是可以呀，来个二十一岁倒数计时嘛！”锺屏笑着说。

“还是不要吧，既然叫十八岁倒数计时网站，就得保持这个网站的特色，只有即将迈入十八岁的人才能加入。”沈维刚说。

“对，这是个专属于十八岁的网站。”徘香附议，随即补充说，“想加入的人得写一段引言，诉说等待十八岁倒数计时的心情和期许，写得越感人越好，但不能太煽情喔！”

欧阳阳高声喊着：“十八岁倒数计时，梦想成真，耶！”

山风掠过白色的海浪，带着初冬的凉意飘向他们，在这群充满活力的年轻人的身上飘来荡去，再带着青春的气味飘回白色的山坡。

三个男生展开了属于男孩的话题，殷希坐在欧阳阳身旁，徘香依旧面向着大海，长发在风中舞动着。

“真希望我十八岁生日时，也有人为我系上满山的气球。”欧阳阳说。

“我们就一起过吧！”徘香回过头来。

“可是我们的生日不在同一天啊！”欧阳阳说。

“那就选一个我们三个人都同意的日子啊！”殷希说。

“好主意，到时候我们不只要系上满山的气球，还要办个热热闹闹的生日 party，那天除了庆祝我们迈向十八岁，也是检验我们十八岁倒数计时成果的发表会。”徘香说。

“一言为定。”三个女孩开心地笑了。

Chapter 19

十八岁倒数计时网站的首页上，出现了徘香的文字：

倒数计时是压力，也是动力；

在倒数计时终结前，无法停下脚步，

因为每一分钟都无法浪费，只能问努力够不够。

揭开身世之谜，留下青春的印记，夺取国标舞奖杯……

我们的目标不同，努力的决心一致，

时间一天天逼近，十八岁倒数计时已进入关键时刻。

殷希也上传了她的心情感言：

自从有了数字概念以后，我的生活就进入倒数计时状态。

十八岁生日是倒数计时终结的日子，我的生命之谜能否在那天揭晓呢？

在这段漫长的等待中，我曾急躁、不安，我也曾消极、叛逆，最后我妥协了。我以平静的心过着倒数的生活，等待从母亲口中得到那个答案，可我做梦也没想到，无尽的等待，换来的却是夺走母亲生命的一场车祸。

母亲走了，也把答案带走了。我不愿意就此妥协，只身回到台湾，寻找本该从母亲口中得知的那个秘密。

我拥有的筹码不多，如果有人恰巧知道什么，请不要犹豫，直接跟我联络。谢谢。

欧阳阳的网页很简单，只写了：

期待爱，期待在国标舞大赛中获胜。

徘香的网页，也只写了两行话：

十七岁，是瑰丽的生命，
我要留下青春的印记。

接着便是她的小说。

周邑也上网说出了他的心声：

回家对很多人来说，是再自然不过的事了，但对我而言，却比登天还难。我知道那个叫作“爸爸”的人不敢再打我了（据我妈说，我的个子已经比他高了），但“家暴”的阴影却阻碍我前进。所以我给自己定下一个目标，我要在十八岁生日那天回去。

网站公开后，上网留言的人超过了殷希的想象。

大多数的人都为她加油，也有人故意捣蛋，写着：“乖女儿，别找了，爸爸在这里。”有的更恶毒，说什么“你知道你妈为什么不敢告诉你吗？因为你是她狂欢后的产物”。也有人写下“弃婴要反扑了”之类的话。

“我想我还是退出吧。”殷希沮丧极了。

“你非但不能退出，还要更勤快地更新，让大家了解你渴望寻亲的心情。”徘香说。

“徘香说得对，你不能这样就被击倒了。”欧阳阳也鼓励她。“网络上谁也不认识谁，靠的就是感动。当人们被你感动了，那股隐藏在背后的力量就会出来。”

“我什么线索都没有，要用什么去感动别人呢？”

“就用你对十八岁的期待和一路走来的心情啊！你看，我不就是受到你的影响才开始认真起来的？”

“如果又引来更多的谩骂呢？”殷希还是犹豫不决。

“不必在意，赞成和反对都是参与，越多人讨论表示越多人关心这件事，效果就会越大。玩网络就是要引起注意，否则干吗浪费时间呢？”欧阳阳说。

“别那么没信心嘛！你看，我的小说上传后，不也有人说我在无病呻吟，制造虚假的浪漫？可也有很多人说我写得很好啊！”

徘香说。

殷希被说服了。那天晚上，她上传了一篇短文。

回到台湾半年多了。

在这将近两百多天的日子里，我找到了好朋友，拥有了爱情，还感受到许许多多的温情。可是眼看着我的十八岁倒数计时一天天减少，我的心情又跌进了谷底。

在茫茫人海中，只凭着相同的血液，要找到父亲的机会大概只有万分之一吧！

我曾在母亲的坟前夸下豪语，要在倒数计时终结前，凭自己的力量找到那个秘密，可是随着时间一天天消逝，我的信心也一天天不足起来。为了不让自己带着遗憾走进十八岁，我必须为自己加油。大声为自己加油。

打气的留言数量超出殷希的预期，还有更多的人写下了他们十八岁的期许。

一个叫九毛兔的网友写着：

我和所有的十七岁少年一样，正为了上大学焦头烂额，幸好“学测”后距离我的十八岁倒数计时还有五十八天的时间，我要利用那段时间完成单车环岛。这个梦想给我的十七岁在沉闷的考试压力中吹来一袭清风。

请你也要加油喔！

一个叫钉子的女孩写着：

在大考的倒数计时之外，我也要给自己另一个十八岁倒数计时计划。我计划在我十八岁生日那天，要用很坚决的语气和决心跟妈妈说："别再管我了，让我自由吧！"

一个叫大熊黑果子的网友写道：

我已经过了十八岁，但我也在进行十八岁倒数计时，我要在我暗恋的那个女生十八岁生日那天，向她真情告白。

我可能会被拒绝，但我还是要勇敢说出心里的感情。

我都这么勇敢，你怎么能退缩呢？

有一个叫莉子佳人的女孩，写道：

逝去的爱，就像消散了的云。明知道是不可能的，我依然给了自己一个十八岁的希望：找回往日的爱。

还有许许多多的留言，有的说在十八岁倒数计时终结那天要去割双眼皮，有的要去登上台湾地区的最高山峰，有的要去文身，有的要养一只猫，有的要学开车，有的要和朋友去唱一整夜的歌。有一个男孩大胆地说，要在十八岁生日那天向家人公布性向。总之林林总总，都是十七岁的心愿。

几天后，有一则留言搅乱了殷希的心。

> 泪水会涤清十七岁的云雾，以水蓝色的衬衣，桃红色的短裙，装扮出彩虹般的青春岁月。十七岁就是要亮眼，就是要欢笑。

署名虽然只是三个字母：CLK，殷希立刻猜到是曹立昆。他在意她的程度比她想的还要深，她不由得慌乱起来。从上次的购物之约后，她尽可能地避着他，她看得出他有些落寞，也有几分伤心，但碍于乔宁的关系，他并没有表露什么，反而比以前更亲密地靠向乔宁。她想，可能他也知道该悬崖勒马了。少了他的呵护，她若有所失，但让两人的关系逐渐回到正轨，何尝不是最好的结局呢？

她怎么也没想到，他竟然会在十八岁倒数计时网站上留言。曹立昆凝望的眼神再度浮现在眼前，她渴望那样的凝视，却又怕陷入那样的旋涡中难以自拔。

更令她心烦的是，几个自称是她父亲的人留了话，要求与她单独见面。沈维刚坚持要先视频，等厘清一些事情后，再做亲子鉴定。最后只剩下两个人愿意先进行视频。

视频那天，她紧张得不得了，徘香把她推向梳妆台，煞有介事地帮她化起妆来。

“有必要这么隆重吗？”她问。

“给从未见过面的爸爸留个好印象吧！”徘香说。

“他可能不是啊！”

“那就更应该打扮啊！这么清纯秀气的女孩竟然不是他的女儿，让他懊恼死。”

殷希端坐在计算机前，正对着镜头。沈维刚和徘香分坐在镜头照不到的地方，同样盯着屏幕看着。不一会儿，屏幕上出现了一个中年男子。

“你能不能说说，你跟我妈是怎么认识的？”殷希问。

“我们是一见钟情。那天我正好去看个展览，看到一个女孩站在梵谷的画前，就过去跟她说话。我们聊得很愉快，都有一种相见恨晚的感觉，可两个星期后，那女孩就要到英国念书了。”

殷希尽量让自己镇定：“后来呢？”

“她去英国后，我几乎把整个月的薪水都送给了电信局，可还是无法一解我的相思之苦，我想她想得快发疯了。为了见她，我辞去工作跑到英国去。我们度过了一段非常浪漫而难忘的时光，我想留下来，可是在英国我找不到工作，半年后，我花光了所有的储蓄，签证也到期了，不得不回来。再次的分别，我难过得就像死了一样，对任何东西都失去了感觉，甚至连呼吸都忘了。”那人一副痛苦万分的样子，仿佛才刚和情人分手一样。

沈维刚差点笑了出来，徘香也强忍着，殷希故意装出同情的样子。

“回到台湾后我又陷入了思念的痛苦中。我比以前更爱她，但理智告诉我，我们不可能有未来，长痛不如短痛，我也就没再跟她联络。我把自己投入到工作当中，借由忙碌来麻痹自己的感觉。我发了疯似的工作了几年，赚了些钱，心里却空荡荡的。我知道我还爱着她，决定再给自己一个机会，于是又去了英国。她不愿意见我，透过朋友跟我说，不要再打扰她了。我苦苦哀求，她的朋友才告诉我，当年我离开后，她发现自己怀孕了，那时候我非但没有帮她，还对她不闻不问。她伤心之余，决定放弃那段感情，我听了心都碎了……”

他的眼中充满了懊恼和悔恨，又接着往下说自己的故事：“我想见她，也想见我的孩子，却不得其门而入。这些年来我一直惦记着你们，感谢老天终于让我找到你了。”

“你的话太令人感动了，我也希望你就是我爸爸。但我还是得问你几个问题。你认识我妈时她几岁？”殷希说。

“二十几岁吧，坦白说，我也不太清楚，女孩子都不喜欢人家问她的年龄，那时候的她很漂亮，看起来只有二十三四岁，好像才刚毕业，你一定觉得奇怪，我跟她那么亲密怎么可能不知道呢？原因是，我们在一起的时候谈情说爱都来不及呢，哪有时间谈这些问题？更何况这根本不重要嘛！”

“我再问你，我妈住在英国哪个城市呢？”

“在牛津吗？好像在伦敦，哎呀，当时我因为太伤心了，那段记忆在我的脑海里突然空白了起来，你别怀疑我，只要让我看几张英国的照片，我一定会想起来的。”

“我没有怀疑你，但为了慎重起见，我们还是先做亲子鉴定吧！”

“亲子鉴定当然要做，不过我们可以先见个面嘛，彼此更熟悉一点儿，不是更好吗？”

“我没有那么多时间，还要和很多人视频呢。如果你真是我爸爸，就请先做亲子鉴定吧！”

殷希随即结束了视频，气恼地说：“还真会打太极。”

徘香说：“油腔滑调的，你妈会喜欢上这种人才怪。”

沈维刚接着说:“第二个人已经连上线了，快把视频窗口打开。”

沈维刚和徘香退回角落，殷希打开视频，那是个年轻男子，一副腼腆的样子。

他以感性夸张的口吻说着：“我跟你妈谈恋爱时还是个高中生，就跟你现在的年龄差不多。我们两小无猜，谈的是纯纯的爱，可是谈着谈着，不小心就越了界，你妈告诉我她怀孕时，我吓坏了。不要怪我，那时我才十七岁，能负什么责任？只好让父母出面解决，双方家长的意思是要把孩子拿掉，可是你妈不肯。两年多以后，我从朋友那里辗转得知，你妈生下你后，在家人的安排下，把你寄养到了国外。我当时有种如释重负的感觉，一则是为了你妈，她还那么年轻，不该被一个小生命绑住；一则是为了你，你在一个健全的家庭下成长比跟着我们任何一个都好得多，没想到你竟然经历了这么多心酸的事，唉。”

他的口气伤悲起来：“人家说骨肉连心，我真的有这种感觉。不然我怎么会知道你在网络上寻父呢？我平常是很少上网的，通常不过是收收信，买买东西而已。前几天突然心血来潮，就上网看了看，竟然就找到你了！你说是巧合吧，我倒不觉得，我相信那是我们父女的缘分……”

殷希再也忍不住，笑了起来。

“你别笑，我说的都是真心话，我很想你，日日夜夜都在想，只要给我机会，我可以证明给你看，我会是个好爸爸的。其实，哪需要什么证明呢？只要你看着我的双眼，就会感受到一股浓浓的父爱……”

殷希清了清喉咙，说：“你的话让我好感动，我好希望你就是我爸爸，但为了慎重起见，我们还是做一下亲子鉴定吧！”

“当然，不过我们先见个面吧！明天可以吗？”

“还是请你先把头发寄来，等检验结果出来了再见面，如果你不是我的爸爸，这样比较不会尴尬。”

“我觉得先见面比较好。人家说父女连心，只要一见面，我们就会有感觉的。那些鉴定冷冰冰的，见了面以后再去做吧！”

徘香向沈维刚使了个眼色，两人一起凑向镜头，说：“好吧，我们会陪她去的，在哪儿见？几点钟？”

那人的影像随即消失了。

“癞蛤蟆想吃天鹅肉。”徘香对着屏幕咒骂着。

两次视频就这样结束了。

虽然殷希心里早有准备，可遇到这样的结果，难免还是觉得沮丧。她又上传了一段心情小文。

怀着希望的心，总是忐忑的，和自称是我父亲的人视频后，心情格外沮丧。我不禁问自己，他知道我在找他吗？也许他根本不知道我的存在呢！找一个根本不知道有人在找他的人，岂不比登天还难吗？

当十八岁倒数计时从三位数变成两位数后，殷希的心更加慌乱起来。只剩下不到一百天，殷希在沈维刚的帮助和鼓励下，更为积极地通过网络寻人。徘香也致力于小说的创作中，不停地把新完成的章节贴在网站上。

晚饭前十五分钟，他们被召集到广场上，山大尉耀武扬威地站在讲台上，那嘴脸让人厌恶透了。通过翻译，他们听到了以下的言辞："你们这群英国笨蛋，居然敢糟蹋日本的神圣食物！"接着以严厉的口吻要糟蹋食物者自动招认。温格利心里咒骂着，真卑鄙，竟然用这种诬陷的手段来凌虐他们。他们每天处于挨饿状态，不管多么难以下咽的食物，哪一个不是立刻吞下肚，谁还会糟蹋食物呢？

山大尉见他们无动于衷，下了最后通牒："没找到犯人前不许解散。"

东北风夹着细雨无情地打在他们身上，他们又冷又饿，浑身打着哆嗦，有人支撑不住晕倒了，也只能如同死尸般躺在寒雨中。大约过了一个多小时，山大尉并没有找到他要的嫌犯，愤然让他们解散，并取消了当晚和第二天的全部伙食。他还下令，之后的日子供应减半，直到那名糟蹋食物者被揪出来为止。

接下来几天他们在饥饿和寒冷中度过，谁也没有力气去揪出嫌犯，因为根本没人相信这个人的存在。然而出乎他们意料的是，山大尉居然找到了犯人。

他们再度被聚集到广场，目睹那名犯人被关进“重仓营”里。那是一个一公尺半高，长宽各一公尺的长方形木柜，犯人被关在里头，监视兵有时令他金鸡独立，有时要他跪着，以各种极不人道的方式凌虐他。他们被迫目睹伙伴承受各种酷刑，心里难过得说不出话来。他们并不确定那个人是否糟蹋了食物，却明白了一件事：那是山大尉“杀鸡儆猴”的手段。他们没有人敢仗义执言，开始时大家都因伙伴受苦而难过、愤慨，后来，大家却又因当晚可以恢复全食而喜悦。温格利为自己的窃喜感到震惊，也觉得羞耻。此刻的他才体会到人性原来是这么丑陋，也才真正了解到为什么有人会说，战争的残酷不在于死伤，而是人性的扭曲。

一个和他颇为亲密的伙伴安慰他，不要轻蔑自己，此刻的他们，正在地狱之中。“是的，我们是在地狱里。”他在日记上写下了这句话。

到战俘营后，温格利一直让自己坚强，可是那天他几乎崩溃了。当夜深人静之际，他痛苦不已，悲观得失去了所有的力量。他开始认清了不可能活着回去的事实。

他彻夜难眠，只要一闭上眼睛，那条盘旋在海浪轻歌之上的林荫小路就在眼前浮现，那是家乡的小路，有着他和CC许多美好的回忆。

他们曾经在和风中漫步，曾经在微雨中徘徊，也曾经在朦胧的月色下留下足迹。数不清有过多少次，他们静静地坐在海湾上的山坡上，望着那平缓而博大的大洋。他的耳中响起了CC的笑语。他记得她说过，那层层的波浪就像来自天上的清泉，为她洗去心中的烦躁和忧闷。他则说，她才是他心海中的波浪，心灵中的清泉。她笑他贫嘴，他笑着辩解，并以更坚定的口吻对她说，在他心中，她比大海还温柔，比泉水更清澈。她含笑不语，眼中充满了温柔。

终于有一天，就在玫瑰盛开的季节，就在那条小路上，他羞涩地对她说："我想亲吻你。"她的脸微微泛红，透过这红晕,他看出她眼中浓浓的爱意。他把她拥到胸前，亲吻着她的额头，她的脸颊，然后停在她的唇上。她那滚烫而颤抖的唇，就像身后的大海隐隐退去，然后又轻轻涌来，令他神魂颠倒。

甜美的回忆温暖了他的心。

他在日记上写道："CC，你一定不知道，在我的生命面临困顿、心理和身体都处于不堪一击的此刻，我同样走在一条通往海边的小路上，同样看到一片大海。那海青黄两色，此地的人称之为‘阴阳海’。当我面对着这片海，想起了你温柔的爱，心中充满了喜悦，但在这阴霾多雨的天气里，昏黄的海水让我更为愁苦。我有一种莫名的恐惧，怕我们之间的爱情会被隔绝在阴阳两界，我在阴，你在阳，就像这片青黄分明的海域。天啊，每当这个念头出现时，我就会陷入惶恐不安的情绪中。我不怕分别：不管路途多遥远，总是可以回去的。可是如果我们分隔在阴阳两界，那就无路可回了。”

温格利必须借着不断地书写，才能让他在困顿的环境中活下来。也唯有在对情人诉衷时，才能让他增添勇气。他是多么需要她的安慰，她的鼓励，哪怕是一个字都能发挥极大的力量，可是他收不到她的只言片语。

他知道她会不停地写，不停地寄，就像此刻的他一样，战争却中断了他们的联系。他担忧地想着，她那些可爱的、无价的信件将会流落何方呢？它们会退回到她的手中吗？他希望是的，却又害怕当她收到被退回的信件时，会是多么沮丧和担忧！

他眼中泛泪，在心中呐喊：“CC，不要流泪，你的泪会让我心碎。”他也在信中写着：“CC，我的爱，千万别哭，让我们以最虔诚的心祈祷战争早日结束，让我回到你身边。”

那个冬天，全世界的雨仿佛都集中在金瓜石，从入冬以来就一直下个不停。在这样阴霾的日子里，营区里除了滴滴答答的雨声，便是无尽的叹息，气氛沉闷得让人发疯。

半年后的某一天，温格利下工回到营区后，看到同伴们正玩着一个皮球，那个小皮球为单调的生活带来了一丝乐趣，每个人都不由自主地加入游戏，温格利自然也不例外。

有人突然长叹一声，说道："一个台湾矿工能把皮球送人，这代表着什么？"手中正握着球的那个人，用力捏了一下球说："日本人一直想攻占马来西亚，这个小皮球告诉我们日本人已经如愿了。"

气氛再度沉重起来。

在战俘营里得不到外界的消息，偶尔从台湾矿工那儿听到的一点流言，也不知道可不可信。不过日本人占据了整个东南亚应该是错不了的，说不定连澳洲也已经在他们的掌控中了，这岂不是意味着他们脱离战俘营的机会越来越小了？温格利的心整个被揪住了，如果他一直被困在这儿，CC该怎么办？他如果被困个几年，她的父母会不会逼着她嫁给别人呢？就算她愿意等，这里的条件这么差，他能撑多久？想到这些，温格利充满了绝望。

他低落的心情，抵抗不了恶劣的环境，就在春天来临时，他病倒了。

他连续好几天都昏昏沉沉的，惠勒医生一直在旁边照顾他。他是营区里仅有的两个医生之一。为了照顾俘虏，他每天都面临着各种艰难的挑战。战俘营里没有药材，也没有器械，惠勒医生不得不用刮胡刀替病人动手术，所冒的风险有多大啊！病人承受的痛苦又有多深啊！

幸好，温格利不需忍受那样的痛苦，他虽然病了，却不需要动手术。但在缺乏医药的情况下，他的病情开始恶化，还被送入了死人间。那是一间给重病患者休养的地方，很多人被抬进来后就几乎不会再有活的希望了。营区里的伙伴们因此开玩笑说，一旦被抬进那儿，下一步就看是头先出去还是脚先出去。大家说得很轻松，心里却充满了苦涩。

死，温格利是不怕的，但死了以后就再也见不到CC了，这让他受不了。他不敢想象CC在受尽等待的煎熬后，所得到的竟是他的死讯。为了CC，他告诉自己一定要好起来，一定要回到她身边。

惠勒医生一度认为他会就此死去，却看到他奇迹般地撑过来了。他对惠勒医生说，那不是奇迹，是爱，他怀着对CC的承诺，硬是从死神手中夺回了自己的这条命。

他虽活过来了，身体却不像他的意志那么坚强，大半的时间都在昏睡，或流连在往日的回忆里。他仿佛感觉到CC就在身旁，他们就在那条通往海边的小路上漫步。海风在耳边吹拂，浪涛在眼前起伏，他们携手漫步，往日的甜蜜抚慰着心灵的空寂。

他流连在那个幽静的海湾。他躺在她的怀里，看着她那羞涩、美丽的脸。他多么想就这样看着她，直到天荒地老。可惜他还没看够，分别的时刻又到了。他在日记里写着："我们相聚的时间虽短，但每个凝视，每个微笑都化成了永恒。我们的爱情超越了时空，每一分钟的相聚，对我而言都是永生难忘。"

他怀念那个微笑，特别是此刻，在这遥远的地方，永恒对他变得没有意义，他只想再看一眼那甜美的微笑。他越渴望，心中的不祥之感却越强烈。他好怕那灿烂如霞的笑容自己此生再也看不见了。

他多么希望她天天出现在梦里，但他无法控制梦境，就像水手无法掌控大海——前一秒依然风和日丽，下一秒便掀起狂风巨浪。

从甜美的梦中遽然惊醒，面临的是更深沉的寂寞和痛苦。梦醒时分他总是失声痛哭，然后又在孤独无助中沉沉入睡。就连在梦中，他同样是心惊肉跳。

徘香塑造的乔治·温格利这个深情浪漫的男子，深深打动了殷希。她由衷地佩服徘香的文采，却又心疼她那颗细腻而多愁的心。殷希知道，当徘香爱上一个人时，一定也会像温格利对CC那般深情，甚至有过之而无不及。

"在小说里，CC和白香爱上了同一个男人，在现实生活里，我们也可能爱上同一个男人，是不是？"每当她想起徘香那天说的话时，心里就会一阵惊惶。无可置疑的，徘香喜欢沈维刚，那沈维刚呢？

他毫不避讳地表明了欣赏徘香的才华，两人对于战俘营的问题经常交换意见，他们会因为相知相惜而相爱吗？他会背叛她吗？

徘香对沈维刚的爱，殷希很清楚。像她那么高傲的女孩，是不可能用自己的热脸去贴别人的冷屁股的，就算她真的爱上了沈维刚，也只会默默放在心里，把满腔的深情化成文字。想到这儿，她突然同情起徘香。

她的思绪飘到远处，冬日的阳光亮晶晶地洒落在海面上，天空格外辽阔，小岛挺立在瓦蓝色的海面上，雪白的晶光在海面上舞动着。一个人影映入眼帘，殷希微挪了一下身体，目光随着她的身影移动着，最后停在她的脚上，问道："你的脚怎么了？"

"练舞的时候扭伤了。"欧阳阳在她面前坐了下来。

"老是迎合别人做些自己不擅长的事，难怪会扭伤。"

"谁说我只是迎合他，我真的很喜欢国标舞，锺屏也说我很有潜力。"她全身酸痛得坐都坐不住，脸上也挂着一丝丝哀愁。

"既然这样，干吗还愁眉苦脸呢？"

"他还忘不了他的前女友。"

"你想放弃了？"

"才不呢！只要他的前女友还没回头，我依然有希望的，是不是？"

"就怕他的前女友既没回头，他也不表白，你怎么办？"

"只要我一直爱着他，他一定会被我的热情感动的！"

殷希瞅了她一眼。"你这么有自信？"

欧阳阳耸了耸肩，说："不然呢？不是每个人都像你这么幸运，有一个这么爱你的男友。我相信只要我真心付出，爱神不会遗忘我的。"

"可是如果……"

“别可是了，也不要说如果，只要祝福我，好不好？”

“也只能这样啰！”殷希点了点头。

“徘香呢？她在吗？”

“不在，我想她一定在她的秘密基地。”

“她好认真啊，我相信她会是第一个完成十八岁倒数计时的人。”

“我也觉得。你看过她的小说了吗？”

“我哪有时间啊！她那么拼，我也得加油才行。”

“脚都扭了，还跳什么啊？”

“看影片啊！从观摩别人的舞姿来提升自己的眼界。这次我下定了决心，不只动作要做到位，还要跳出味道。”

“你玩真的？”

“当然，十八岁倒数计时怎么可以马虎呢？我一定要让锺屏对我另眼相看，我还要超越他的前女友，成为国标舞的明日之星。”

殷希有些疑惑地看着眼前的这个女孩。“到底是爱情让你提升了，还是十八岁倒数计时激发了你对生命的热忱？”

“都有吧！”她笑了笑，“我不打扰你了，我去徘香的房间拿片子，她回来的时候跟她说一声。我也会发短信给她的。”

欧阳阳一瘸一跛地走进屋里，殷希的目光一直跟随着她，心想着：这个像向日葵一样，把爱情当成阳光，全身心绕着男友打转的女孩竟然认真起来了，但愿这次晴空万里，没有乌云来搅局。

欧阳阳拿走 DVD 后，殷希再度集中精神，读起徘香的小说。

病愈后，温格利又开始下坑工作。

每个清晨走下俘虏路时，看着那片青黄两色的阴阳海，温格利的心便沉静下来。面对着阴阳海，默默想着心爱的人，是他一天中最愉悦的时刻。

日子在苦闷中一天天度过，金瓜石的季节交替并不明显，当他感觉到燠热烦闷时，夏天已经悄悄来了。

隐藏在空气中的水汽就是蒸发不出来，身体里的汗水却毫不客气地往外蹿，整个身体老是湿漉漉的，就像掉进河里似的没有一刻干爽。就连阴阳海也失去了往日的阴凉，吹来的是一阵比一阵难消受的焚风。

在那燠热的六月里，他经常想起死去的父亲。

他们父子从小就亲密。父亲下班后喜欢喝一杯，他也跟着泡在小酒馆里。母亲讨厌父亲喝酒，连带也把他骂进去。看见父亲挨骂，他心里好生气，父亲倒是习以为常，总会开玩笑地跟他说，让他以后一定要娶个温柔的女人当太太。

只要父亲休假，他们父子俩就在林子里散步，他对大自然的热爱来自父亲的遗传，他对婚姻的认知也一样。父亲曾跟他说过，婚姻的理性多过情感，会变成一摊死水；若感情胜过理性，则会演变成灾难；如何平衡，是智慧，也是运气。他还未踏入婚姻，心里总觉得感情是一切。他不知道这样的认知是否违背了父亲的教诲？

置身于如此燠热的气候中，令他更加怀念英国的夏天，特别是和CC共度的那些日子。那是他生命中最灿烂的夏日，一段永生难忘的记忆。

他想起夏日的傍晚，他们漫步于海滩，夕阳洒落在她的秀发上，涂染出一层耀眼的黄晕。慵懒的潮水亲吻着他们的脚踝，温柔得像情人的手；还有那数不尽的日落日出，潮起潮落。她的一颦一笑皆牵动着他的心情，她的柔情融化了他的理性。她的笑在他眼中变成了晶莹剔透、闪烁明亮的星光。

温格利对CC的思念，在炎热的夏天里变得更加炽热。他在日记里不停地写着："想你，想你，整个夏天都疯狂地想你。"

七月的一个夜里，他在一身汗水中醒来，天上还挂着一枚弯月，小镇依然在沉睡。远处的山沟，晨雾弥漫，浓郁的夜色已从林梢逐渐淡去。晓雾在小镇的上空弥漫、开散，待阳光升起，又将是个闷热的酷暑。

不知道是热昏了，还是可怕的预感，他突然有种会失去她的恶兆。他们已经分别三年了，这一年来又音讯全无，她是否别来无恙？

他的心一直在煎熬，是不是该劝她不要等了呢？但只要一想到她投入别人的怀抱，他就要发疯了。他确实处于疯狂的边缘，幸好一场台风让他冷静了下来。

狂风夹着暴雨猛烈地袭击营房。雨从梁缝灌下，风从门缝吹入，他们将个人重要的贴身之物堆放在干燥之处，特别是照片和信件，那是他们心灵的粮食，丝毫受损不得。几十个人挤在屋子里，闷热烦躁，浑身黏腻，闷到极点。

狂风吹了几个小时，入夜后更强，咻咻咻的，大家都大睁着眼，一夜未眠，唯恐强风吹走屋顶。

台风过后，炎热的夏天以更狰狞的面目重现。

温度持续飙高，又闷又热，在矿坑里工作了一整天后，回到营区里还得面临无所不在的蚊子，那就像另一场永无终止，而且不可能获胜的战争。每个人浑身上下都布满了大大小小的红点，奇痒难耐。

一天清晨，他在汗水中醒来，悄悄走出营房，看见山岚在晨雾中飘飞，就着晨曦，有感而发地在日记本上写着："一群男孩带着荣耀前进，他们并不知道，年轻的生命旅程将就此消逝。他们付出所有，为国家，为自由而战。他们以血泪涂满了生命的留白，只为了给所爱之人一个和平的明天。只是，这个代价太高昂了。"

他继续写着："刚才的梦里，我回到了分别的时刻，你哭红了眼，我的双眼也溢满泪水。分离的悲痛，渗入梦中，醒来后，我的心就像被撕裂了一样。"

看到这儿，殷希的心也像被撕裂了一样。

爱情，让人欢笑，让人流泪。它主宰了人类的悲喜，却没有人奈何得了它，它无法勉强，无法转移，无法礼让，无法交易。徘香怀着满腔的爱在书写，只怕小说完成了，她的爱依然无法圆满。就算自己自愿退出，高傲的徘香一定不会接受，沈维刚也不会同意。

自愿退出！她猛然一惊，怎么会有这种荒唐的想法呢？难道是她对沈维刚的爱不够深？怎么可能！她一心一意地爱着沈维刚，如果将来他们真的分手，或许会像徘香说的，得用一辈子的时间来遗忘他的脸！不，她告诉自己，她不想忘记他的脸，她想一辈子看着那张脸。

然而就在她捍卫着自己的爱情时，另一张脸突然浮现。她一颗心怦怦跳着。

屋里传来乔宁的叫声，她慌乱了起来，急忙收起手稿，转身走进屋内。

想不到殷雅琦有一个这么大的女儿。我大概快三十年没见到她了。几年前我遇见你外公，想打听她的下落，他却好像不认得我似的，原来他得了失智症！

江文棒

殷希看到这则留言时，一颗心怦怦跳着。那个人知道母亲的名字，又知道外公有失智症，显然是旧识。于是在回复栏上写着："你跟我妈是什么关系？"

对方很快又留了言："高中时代的朋友，以前我们还是一对呢！我一直盼望着再跟她见面，没想到她却像从人间蒸发似的，她究竟上哪去了？"

殷希急切地问："你能多告诉我一些我妈的事吗？"

"当然可以，打电话给我，有些事还是见面说比较好。"那人留下了手机号码。

殷希即刻跟那个人联络，他只有一句话："见面再谈。"殷希和那个人约定时间后，想找沈维刚陪她赴约，沈维刚正忙着考试，要她跟对方改时间。那人却说他即将去上海，这次若不见面，就得等到明年了。殷希慌了起来，再发短信给沈维刚，他却未回复。她决定亲自去赴约。

她准备出门时发现曹立昆和乔宁正坐在庭院里喝咖啡，两人分别看着报纸，偶尔传来乔宁的笑声。她决定不打扰他们，悄悄离开。

曹立昆却发现了她。“希希，你要出去啊？”

“嗯。”她应了声，不知道该不该告诉他？

曹立昆看出了她的不安，忍不住开口问：“是不是发生什么事了？”

“和小刚吵架了？早上你好像一直在和他联系。”乔宁问。

殷希犹豫了起来，整个人愈发烦躁不安。

“你一定有什么事，到底发生了什么事？”曹立昆急切地问。

她望了他一眼，他那温柔的眼神击垮了她坚定的防卫。她说出了出门的原因。

“网络上有不少骗子，你得小心点。”乔宁着急地说。

“我知道，所以我跟小刚说好了，绝不会单独去和任何人见面。可是那个人就要去上海了，我很怕这条线索就这样断了。”

“我陪你去。”曹立昆不假思索地说，连他自己都愣了一下。

殷希心中一阵欣喜，却碍于乔宁在场，故作推辞地说：“曹叔叔，不用了，还是让小刚陪我去吧！”

曹立昆有些酸酸地说：“你不觉得我比你男朋友更适合吗？要是对方想打什么歪主意，我只要看一眼，准会识破的。”曹立昆突然发现自己过于激动，回眸看了看乔宁。“不然，你陪她去，我帮你看着民宿。”

“我走不开，还是你陪希希去吧！”乔宁说。

“真的不用了，乔阿姨，我自己会当心的。”

“这是经验问题，”乔宁说，“希希，就让立昆陪你去吧！免得我提心吊胆的。”

“好吧，我发短信给小刚，要他考完试后来跟我们会合。”

到了约定地点，曹立昆进去查探过后，殷希才进去。

“你跟雅琦长得真像，尤其是鼻子，神态也像。”江文棒的目光在殷希身上来回打量着。他是个四十多岁的男人，衣着有些像社会的“混混”。

“你跟我妈是怎么认识的？”殷希坐定后，问道。

“我们是邻居，也是情侣。我们在一起的时候，她就是你这个年纪。她那个时候就像你一样漂亮。”

“你们怎么会分开呢？”

“还不都是你外公，他讨厌我，总觉得是我把雅琦带坏的。天地良心，我只会安慰她，怎么可能带坏她呢？说到雅琦，我就忍不住替她抱不平，你外公、外婆偏心，只疼她妹妹心慧，凡事都以心慧为主，对待她们姐妹俩的态度真是天差地别！”

“你也认识心慧？你知道她在哪儿吗？”

江文棒带着笑脸，把一杯饮料挪到她面前。“你没来之前我已经帮你点了一杯了，这是雅琦最喜欢的饮料，黑醋栗汁，我想你应该也喜欢吧？”

那确实是母亲钟爱的口味，殷希的心抽动了一下，却不敢大意，偷偷瞄向曹立昆，他对着她摇头。

“怎么？不喜欢啊？”

“那是我最讨厌的饮料。”她口是心非地说着。

“想喝什么？告诉我，我再帮你点。”

“谢谢你，我不渴，待会儿再点吧！”殷希露出勉强的笑容，随即问道，“你知道心慧在哪儿吗？我想找她。”

“心慧啊！她高中毕业就被送去英国念书了，听说在英国结了婚，我跟她根本算不上朋友，谁知道她现在在哪儿。”

殷希的心凉了半截。“那你最后一次见到我妈，是在什么时候呢？”

“嗯，让我想想，大概是二十年前吧！我意外地在一家餐厅遇见她，我一见到她，对她的感情全都复活了，她却说她订婚了，你都不知道，当时我的心就像被人捅了一刀似的，好痛好痛啊！到现在还在痛呢！”他突然抓起殷希的手。“你摸摸看，我没骗你。”

殷希急忙把手抽回，尽量掩饰着心里的嫌恶。

“对不起，我太激动了。看到你，就像看到当年的雅琦。这么多年了我依然对她念念不忘，我真的很爱她。”他以挑逗的眼神看着殷希。殷希感到很不自在。

“她跟谁订婚呢？”殷希问道。

“我不认识他，她只说他们就快结婚了。”

“你见过她的未婚夫吗？”

“没有，”江文棒生起气来，“不见也好，不然我怕会一时失控宰了他。”

殷希脸上一阵惨白。

“别怕，我是跟你开玩笑的。”江文棒嘻嘻笑着。

“你说你们以前是情侣，不太像吧，我妈很安静，也不爱出门，你们怎么会在一起呢？”殷希问。

“你说的没错，我跟雅琦的个性正好是天南地北，她会跟我在一起，可以说是缘分，也可以说是被你外公、外婆逼出来的。雅琦不是读书的料，不像她妹妹心慧每次都考第一名；她也不像心慧嘴巴很甜，处处讨人欢喜。她的脾气很拗，什么事都放在心里，所以不管在家里，或在学校里，她的人缘都不好。我在学校功课也不好，又爱惹事，也是个讨厌鬼，有一次几个男孩在戏弄雅琦，我正好看见，出手替她把那些人赶走了，从那时候起我们就常在一起。每当我听雅琦谈起家里的事，我就替她感到委屈，考不好，天又不会塌下来，她却像碰到了世界末日一样，紧张得不敢回家。

“你曾祖父过世时留下了一笔钱，准备让她们姐妹大学毕业后到国外念书。你外公为了心慧，竟把雅琦牺牲掉了，在心慧高中毕业后就把她送出国去。当时雅琦跟你外公吵了一架，你外公竟然说，就算让她出国她也混不出什么名堂，不如让心慧早点去。雅琦气得从此不跟你外公说话。你外婆还好些，但她说不上话，一直到她过世前才偷偷地把一笔私房钱给了雅琦，那时雅琦已经从专科学校毕业，工作了两年。雅琦便用那笔钱，加上自己工作存下来的钱到英国去了。我问她什么时候回来,她说她宁可死在英国，也不肯再回到她爸爸身旁。我们通了半年多的信，后来就失去了联系。”

江文棒从口袋里掏出一张殷雅琦高中时代的照片。照片中的女孩有一双愁苦的眼，脸型跟殷希倒有几分神似。

“我可以留下这张照片吗？”殷希问。

“当然可以，我那儿还有很多，你要是想要，都可以给你。对了，还有一本日记，你想不想看？”

“这么私人的东西，她怎么会放在你那儿？”

“交换日记啊！不是啦，我们那时候还不流行这个。是因为你外公。你外公管她管得很严，有一次雅琦发现你外公偷看她的日记，气死了，就把日记放在我那儿。怎么样？想去看吗？”

殷希犹豫了起来。

“这些年来我东奔西跑，这本日记却一直舍不得丢，心里总是想着，或许有一天她会回来拿。没想到她的女儿竟然出现了，你说这是不是上天冥冥中安排的呢？”

殷希几乎被说服了。她又望向曹立昆，曹立昆对她点了点头。

“走吧，我还可以跟你说更多雅琦的事，这里太吵了，到我住的地方去，我会一五一十地说给你听，我再联系几个以前的同学，说不定可以打听到心慧的下落！”江文棒怂恿着。

“好，不过我想请朋友陪我一起去。”

她朝曹立昆望了一眼，曹立昆起身朝他们走了过来。

江文棒的脸沉了下来。“要么，就单独跟我走，否则，就算了。”江文棒愤然往外走了出去，到了门口又回过头，“你知道怎么找我的。”

殷希突然说：“那就下星期五见吧，可以吗？”

江文棒以猜忌的眼光看着她。“你一个人来？”

曹立昆想制止，殷希没理他。“对，我一个人。”

江文棒微微一笑。“时间、地点，我会发短信给你。”

他走后，曹立昆不解地问：“你为什么要答应他？”

“他早上说明天就要去上海，明年才回来，下星期五怎么会有空跟我见面呢？”

“你真机灵。”曹立昆恍然大悟。

“可是线索又断了。”

“也不算白忙呀，至少你拿到一张你妈妈以前的照片。”

“是啊！”殷希看着照片中的母亲，脸上又挂上了哀愁。

“沈维刚什么时候来？”

“应该快了！”她勉强挤出一个笑容。“曹叔叔,你不用陪我了，我自己在这里等他就行了。”

“那怎么行？万一那个人又回来怎么办？我陪你，沈维刚一来，我就走。”

曹立昆替她点了一杯饮料和一份蛋糕。

“今天算是很有进展了，别愁眉苦脸了，不然我会舍不得的。”他温柔地说着。

“有你女儿的消息吗？她喜欢我挑的那些衣服吗？”她不敢看他，垂头喝着饮料。

“我不知道，我把礼物寄出去后就没收到回音了，也许她根本不在乎我这个爸爸。”他喝了口咖啡，接着说，“我很喜欢你在网站上的小文，每次看，我的心都觉得好痛，如果我的女儿也像你一样，就算有天大的阻碍，我也会立刻出现在她身旁的。”

时间在他们的谈话中悄悄溜过，转眼间过了半个钟头，沈维刚还没来。殷希打了电话，他也没接。

“真不知道他在搞什么！”

“大概是塞车了……”曹立昆话语还未说完，突然想起什么，叫着，“糟糕！”

“怎么了？”

“我竟然忘了我有两张电影票，本来想找乔宁一起看的，她一直抽不出时间来，放着放着竟然快过期了。听说这部电影很棒，希希，你愿不愿意陪我去看呢？”

殷希摇着头：“小刚就快来了。”

“不然，等他来了，你们俩去看吧。”

“那怎么好意思呢？”

“这样吧，我们再等一刻钟，如果他来了，就让你们俩去看，如果他还没来，你陪我去，怎么样？”

殷希犹豫了一下。“三十分钟。”

“一个男孩让女朋友等超过一个小时，就算扑了空，也只能怪自己。好吧，我们再等他半个钟头，他如果还没有来，我们就去看电影，怎么样？”

殷希没有回应。

三十分钟过后，沈维刚依然未见踪影，殷希似乎也没有了去看电影的兴致，不停地查看手机，曹立昆贴心地说：“电影就别看了，看在今天我帮你的分上，陪我去吃顿饭吧！我想你一定也饿了。”

殷希难以推辞，正准备打电话时，曹立昆制止了她。“我们已经等他很久了，你并没有对不起他。让我们好好吃顿饭，不要让任何电话或短信破坏吃饭的气氛，好吗？”

“我只是想知道他到底怎么了。”

“我当然知道你在意他，但不差那点时间，吃完晚饭后你想怎样都行，现在让我们安安静静地吃顿晚饭，可以吗？”

殷希把手机收了起来。“好，但不能再让你破费，上次你花了不少钱呢！”

“饭总是要吃的，这次我们只简单地吃顿饭。”

殷希没有再推辞。

虽说是顿简单的饭，可殷希依然欣喜不已。浪漫的气氛，美味的餐点，还有那温柔的眼神，殷希再度陷入其中，难以自拔。他的凝望让她忘记了悲苦的身世，他的呵护让她的心暖洋洋的。她忘了自我的警惕，忘了乔宁，也忘了沈维刚。

在她的眼神中，曹立昆看到了他想要的东西，他知道经过了这一刻，他不可能再漠视自己的感情，不可能再假装什么事也没有了。他心里盘算着，怎么跟乔宁说呢？

回到民宿时，已经十点多了。

他看她下车后，温柔地说：“晚安。”

“你不进来？”

“不了，你进去吧！”

她走了几步，感觉到他还在看着她，回过头去，说：“回去吧！”

他柔声地说：“我看你进去。”

殷希也报以微笑，再度说了“晚安”后，轻快地往民宿走去。

半圆的月把她的影子拉得很长，远处传来的蛙鸣把夜晚衬得格外宁静，曹立昆望着殷希柔和的背影，内心生出一股柔情。

殷希才刚踏入客厅，乔宁便迎了上来。

“曹叔叔呢？是他送你回来的吗？他人呢？”

“他说太晚了……”殷希的话未说完，乔宁已往屋外跑了出去。

殷希满怀内疚，默默走上楼，经过徘香门口停了一下，便往自己的房里走去。当她推门而入时，赫然发现两道冷漠的目光，从窗口直射而来。

“花前月下，深情目送，小刚要是看到了，不知会有何感想？”徘香的语气比屋外的温度还要冷。

“他才不会那么不讲道理。”殷希说得有些底气不足。

“是吗？那为什么当他知道你整个晚上跟曹立昆在一起后，语气会那么冲呢？”

“他说了什么？”

她冷冷一笑，走了出去。

殷希跌坐在床上，预感到一场战争即将爆发。

Chapter 22

隔天，他们果然大吵了一架。

“你为什么要关机？你跟曹立昆到底干了什么？”沈维刚像法官似的质问着她。

“你自己爽约了，还怪我？”殷希的火气也冒了上来。

“我没有爽约，只是迟到了。你知道我没找到你有多着急吗？我打电话给徘香，她说你还没回去，我整个晚上急得都快发疯了，你却跟别的男人在一起！”

“那你为什么不接电话？”

“那时候我被老师留下来，正在讨论事情，怎么接啊？你们究竟去了哪里？”

“不过是吃顿饭吧！”殷希烦躁极了。

“吃饭为什么要关机？”

“他只是想安安静静吃顿饭，不想被打扰啊！”

“别把我当傻瓜，曹立昆在打什么主意，别以为我不知道。”

“他陪我去见江文棒，我陪他吃顿饭，很公平啊！”

“乔阿姨知道吗？”

“我们只是去吃顿饭，又不是做什么见不得人的事，你在发什么飙啊！”

“我的女朋友跟别的男人去吃饭，我连问一声也不行吗？难道要等你跟他上了床我才能发脾气吗？”

“你不可理喻！”

“我不可理喻？那他呢？善解人意，成熟稳重，慷慨多金？别忘了，他老得可以当你爸爸了。”沈维刚暴跳如雷。

“我懒得理你。”

“终于说出你的心声了！你早就想甩掉我，好投入那个男人的怀抱，是吗？”

“你真幼稚！”殷希气得想跑开，却被沈维刚一把拉住。

“先把话说清楚再走！”

“你到底要怎样？”

“你听清楚,你可以伤害我,但不准伤害乔阿姨。她对你怎么样，不用我说吧！”

殷希想起乔宁昔日对她的关心和爱护，一股强烈的内疚从内心深处涌出。

“曹立昆对你的企图大家都看在眼里。你真的以为可以欺骗大家，真的可以脚踏两条船吗？”

“你怎么可以这样说我？太过分了！”她恼怒起来。

“你敢发誓你没有劈腿？”他咄咄逼人。

“我不会发那种无聊的誓，你要是不相信我，那就分手吧！”

“分手！这种话你居然说得出口,你太过分了。”他愤恨地跑开。

雨飘了下来，雾气也越来越浓，不过眨眼的工夫便将基隆山淹没了。她不想带着破碎的心回民宿，冒着雨走上报时山。

她闷着头，让两条腿带着哀伤的心情一步步往上踩。她的衣服湿透了，心也湿透了。忧伤溢满心头，仿佛是嫌雨下得不够多似的，泪不停地从眼角流泻而下。

雨滴打在石阶上，弹入她心里，她的心随着雨的节奏渐渐平息了下来。她抬起头，看着雨帘后的山景，朦朦胧胧，时而清晰，时而迷离。茶壶山若隐若现，芒花凋谢后，干巴枯黄，瘫倒在细雨中，她的心则在痛苦中搅动着。

她走到凉亭，望着被雨雾遮蔽的阴阳海，无声地问着，为什么沈维刚不能像曹立昆一样温柔，一样体贴呢？她仰起头让风吹干残留的泪痕。当分手的念头涌出时，她的眼中再度模糊起来。她知道自己是爱他的。她多么希望他就在身边，可是他已经走了。她放声哭了出来。

当她抬起头时，看到一个模糊的人影站在不远处。

“我真的很想一走了之，但我受不了失去你。”沈维刚同样是一身湿透，眼中充满了痛苦。

她望着他，泪水肆虐了整张脸。

他们相互凝视着。他的眼泪化成了汪洋，她变成了美丽的鱼儿。潮涌而来的海水抚弄着她的脸颊，她沉浸在他的深情里。久久地，两人不发一言。

“你知道我有多爱你吗？”他哽咽地说着。

她再度泪眼盈眶，奔入他的怀抱。

当他的唇碰触到她的时，她感到天旋地转。太阳和月亮一同在天空燃烧，黑暗没有了尽头，悲伤失去了力量。她第一次感受到他的爱是如此强烈。

和江文棒见过面后，殷希的倒数计时又陷入胶着状态，眼看着倒数计时的时间一天天减少，一种茫然的无力感侵袭着她。

她好羡慕徘香和欧阳阳，她们的十八岁倒数计时是可以凭着努力去达成的，而她却仿佛走到了死胡同，看不到希望。她多么想找人谈谈，徘香却变得阴阳怪气，欧阳阳也不见踪影。曹立昆就在楼下，她很想去找他，但她克制着自己。她想起了他的温柔，他的呵护，还有他那深情的目光。那目光让她心跳加速，她烦乱地站了起来，责备着自己，她明明爱的是沈维刚，怎么可以有这种狂乱的感觉呢？

她怕自己呆坐空想，会忍不住冲下去找他，她发了疯似的打扫起民宿来，床单、枕头套全都更换过，她清扫过每个房间，忙了一整个下午，只剩徘香那一间，她犹豫了一下还是推门走了进去。

她并没有打扫，而是站在那面破碎的镜子前，茫然看着镜中的自己。

这是她第一次如此诚实地审视着自己。

她看到一个十七岁的少女，倦意十足。她的嘴、她的鼻、她的肌肤都因疲惫而松塌下来，唯有她的眼，依然明亮。她惊讶地发现，那对眼睛里所流露出来的渴望是多么自私啊！她只想享受呵护和爱怜，却不想付出，她真是个无赖。

她为镜中的女孩感到丢脸，却又不忍心怪她。她没有父亲，只想从别的男人那儿“偷”点父爱，这难道不值得同情吗？她惊讶自己竟然为镜中的少女辩护，慌乱地移开目光。

当她的目光重新移回镜中时，她看到自己的贪婪、脆弱。她告诉自己，贪婪虚无的温情会伤及周遭的人，可是她的心里还是渴望见他，她的脑子里也想着他。她不由得一惊，难道她真的爱上他了吗？怎么可能，曹立昆的年纪大得都足以当她的父亲了，自己怎么可能爱上他呢？她一定是太渴望父爱，才会移情于他。但不对呀，如果只是父爱，为什么他看着她的时候，她的眼神却会被他死死地抓住呢？为什么看不见他时，她又会想着他呢？她一定是真的爱上他了。她被这个想法吓住了。

不对不对，她甩着头，她爱的是沈维刚，不可能爱上曹立昆的。她不由自主地摸着嘴唇，沈维刚的吻是那么的强烈，如果她不爱他，怎么会有那么强烈的感觉呢？她想起了雨中的吻，她的心酥酥软软的，她渴望他的吻，他的拥抱，她告诉自己，沈维刚的爱是无人可替代的。

一阵声响将她的思绪唤了回来，她寻声看了一眼桌上的手机，徘香竟然没带出去。她走了过去，看到沈维刚的名字出现在手机上时，整个心再度狂乱起来。

她等着等着，等到手机铃声停止。她拿起手机，她的手抖得好厉害。她知道自己正在做一件不被允许的事，但她还是忍不住查看徘香的通话记录。他们之间的通话次数多过她的预期，多半是徘香打给他的，沈维刚也常打过来。她又在未接来电中看到四次沈维刚的名字，他这么急着找她做什么？这么多电话该不会只是为了战俘营吧？他们之间有什么秘密？该不会是沈维刚要徘香帮忙监视她？这个想法让殷希恼怒起来，他终究是不相信她的！

她切换到手机的短信栏，里头一片空白。沈维刚为什么不发短信给她？是怕留下证据？殷希整个心乱糟糟的。她走出民宿，朝老屋直奔而去。

徘香果然在那里，周邑也在，两人隔得好远。

徘香把头斜靠在墙上，长发遮住半边脸颊。那长发上幽黑的光泽像黑色的闪电，与脸庞晶亮的泪光相互呼应。

她凝视着殷希。“我正想找你呢！”然后粲然一笑，那笑容犹如从天上落下的一朵水花，从她的脸颊滑过，瞬即消失无踪，愁容再度占据了她的脸颊。

“你哭了？怎么回事？”殷希惊讶地问着。

“你看了就知道了。”她把一沓刚完成的文稿递给殷希。

殷希接了过来，目光仍停在她的泪珠上。

“看吧，不然天就要黑了。”徘香的声音柔弱如丝。

殷希就着昏暗的光线，读起徘香刚完成的小说。

两个战俘逃跑的消息，让沉闷的营区骚动了起来。山大尉气呼呼地要战俘们提供情报，还要挟他们若隐匿、包庇，将以共犯论处。当夜负责轮值的人都被带去审问。

大批士兵在营区周围侦查，然后是附近民房，再到九份街区，警察也加入了搜索的行列。隔天中午，轮值的伙伴被饬令带回，那时正好是午餐时间，山大尉要他们面对着餐桌罚站六小时，已经一天未进食的人看到食物怎能不动心呢？他们要是稍稍眨一下眼皮，或动一下指头，士兵手中那根一公尺二十公分长、粗约八公分的竹杖便会立即落在他们身上。他们就这样站着，每隔三十分钟山大尉便会再次发声："只要说出叛逃者的行踪就可立刻解散、用餐。"可是没人出声，因为根本没有人知道他们逃到哪儿去了。

那天晚上，温格利辗转难眠，那两名逃犯曾邀他同行，他也动心过。自由、爱情、尊严，这都是他梦寐以求的，只要成功了，他就能再见到CC，可是失败呢？那就再也见不到CC了。

"就算死，也比当奴隶好。"他们说。

但他宁可苟活着，只为了CC。

他缩在床上，想象着逃亡的同伴一旦被抓回，将会遭到无情的责罚。温格利一夜难眠。

下午他们又被聚集起来，逃亡者被抓到了。他俩全身捆绑着钢丝，脖子上还绑着粗绳，像狗一样被拉到他们面前。又是"杀鸡儆猴"的手法。他没注意听山大尉说些什么，目光一直聚集在那两个伙伴身上。他们垂着头，看不到表情。他想他们一定又愤怒又绝望吧！他为自己感到庆幸，也为他们哀伤，他的视线不禁又朦胧起来。

通过翻译，他们听到这两个人会被移送到他处服刑。没有审判就被判刑，这是俘虏的悲哀。在日本人眼中他们就像脚下的泥土，污秽、无用，任人践踏。解散后，那两个人便从他们的眼中消失，永远消失了。

日子又回到往常的劳累、苦闷……

当秋风再度从阴阳海吹起时，他们在战俘营里已经待了足足一年了。

他们听到了一些消息：美军要开始空袭台湾北部，日军在战俘营后面的台地上安置了一架机关炮。空袭警报响起时，老师让学生回家，居民也都四散躲避。当第二次发出空袭警报时，路上看不到行人了，战俘营里依然有人四处活动，他们看起来一点儿也不害怕，甚至欢天喜地，因为他们相信美方必然掌握了战俘营的地点，不可能把炸弹丢到附近。他们的猜测是对的，因为每当空袭警报响起时，附近的孩童就往战俘营附近跑，他们一定也猜到了，美军不会轰炸战俘所在的地方。

美军加入大战，意味着战争到了尾声，战俘营里的战俘们一度以为重获自由的日子不远了，可是空袭过后，一切归于平静，日军对他们的逼迫反而更严厉，愁苦的情绪再度笼罩着营区……

秋风吹，冬雨飘，清冽的东北季风再度发威，金瓜石再度笼罩在灰暗、阴霾的愁绪中。温格利也陷入到难以自拔的哀愁里。他变得越来越悲观，也越来越不敢奢望此生会再见到CC了，他开始相信，阴阳海将会是他生命的终点。

他告诉亲近的伙伴，如果他死了，就把他丢入阴阳海吧！他既然无法活着回去，死后，当了鬼魂，还是要游回去的。生前，见不到CC，死后，他是一定要见的。

十一月，红十字会的人来探视他们。

那一天他们提早从矿坑上来，难得一次洗了个彻彻底底的澡，理了发，换上日本人送来的衬衫、长裤，每个人都打理得干干净净，好像要去参加宴会似的。那天晚上，拜红十字会之福，他们吃到了肉和分量足够的米饭，还有新鲜的蔬菜，大家都觉得像做梦一样，尽情地吃着。餐后红十字会的成员与他们合影，每个人都咧嘴笑着。谁敢不笑呢？秋后算账，日本人那一套他们早就知悉甚详。

隔天红十字会的人离去后，他们再度回到地狱。

红十字会成员走前答应他们，会尽力协助通邮。他们都知道那可能只是千分之一的希望，但他们还是真切地期待着。

雨又落下来了，冬雨不知从什么时候开始，也不知道要延续到何时？风肆无忌惮地吹打着，天空昏昏暗暗，灰白的墙壁，死寂的氛围，让温格利的心绪在空荡荡的房里飘移。在这雨如细丝的夜里，他眼中也湿漉漉的。滴落在旷野上的雨，在他心里无止境地扩散着。他在日记里写着："CC，我即将在思念的雨中灭亡，你呢？"

期盼许久的信，终于在一九四四年的二月送到了。

捧着中断了一年多的家书，每个人都兴奋极了，当然也有人失望了，温格利就是其中之一。

没有收到CC的信，他整个人像疯了一样，焦躁难安。看着伙伴们沉浸在收到家书的喜悦中，他又羡慕又妒忌，他多么想找个隐秘的地方痛哭一场，可是在这狭小的空间里，闷声不语是唯一的发泄方式，他隐藏着心中的失望和悲伤，直到隔天走上俘虏路时，他禁不住泪流满面。阴阳海在泪光中漂浮着，他的心也在海水中沉沦。

“CC，你该不会忘记我了吧？不可能的，我不相信曾经有过的刻骨之爱，会这么容易就被遗忘。你为什么不给我写信呢？”他替她寻找着理由，是因为战争的缘故，她无暇书写，还是她以为他为国捐躯了？

他立刻提笔写下：“CC，我还活着，为你苟延残喘地活着，我为你而呼吸，为你忍受着劳累和屈辱，快给我写信吧，哪怕只有一个字，一句话。这一年多来，你得不到我的消息，一定很焦虑、很担心，你千万不要因此而心碎，也不要有任何悲观的想法，我还活着，我还活着……”

他把过去一年多来所写的信都交了出去，在得到日方确定会将信寄出的保证后，他耐心地等着，等着。他焦躁难安，依然等着；他哀愁困苦，也是等着。等，是他唯一能做的事，也唯有等，他才能继续活下去。

几个月后，第二批信到了，他的希望再度落空。

没有信，代表着什么？他心里很明白。

CC忘了他了。

他的心碎了，死了。

隔天早上，他如行尸走肉般跟着大家走上缆车台，率先步入俘虏路。当他看见阴阳海时，眼中一片蒙眬，双脚一瘫，整个人滚落下去。

他死了，死在通往阴阳海的路上。

读到温格利的绝望，殷希泛着泪光，读到他的死，则是震惊不已。

“为什么非要把温格利写死呢？”殷希问。

“与其让温格利回家，因爱情破灭伤心而死，不如让他怀着爱离开人世。”徘香还没从哀伤的情绪中恢复过来。

“你是说CC背叛了他们的爱情，怎么可能？”

“再坚定的爱情终究抵不过人性的软弱，一旦环境中出现诱惑，或其中一颗心疲惫了，爱情就会产生变化。唯有死，才能保全爱情。”

“我不能接受CC变心，温格利对CC的爱那么深，你不能让他就这么死了！”

“你真的相信王子和公主结婚后，会从此过上幸福快乐的生活？”

“虽然王子和公主不一定会从此过上快乐的生活，可是只要两颗心在一起，就会有希望，不是吗？”

“好浪漫喔！”徘香带着凄美的笑容，看着她，“你有没有想过，温格利回英国后，会面临什么样的处境？”

殷希没吭声，期待她说下去。

“一，CC 还爱着他。他们会结婚，生孩子，过一段快乐而平凡的生活。之后，他们的爱情会在日常琐事中逐渐窒息，终致死亡；二，CC 背弃他了，就算她有什么不得已的苦处，或不得不与别人结婚，温格利都会心碎而死。你希望他面临哪一种结局呢？”

殷希依然默然不语。

“我曾经相信过美丽的爱情可以天长地久，但在我父母的婚姻里，我却看到了爱情的虚无。他们曾经爱得多疯狂！一个年轻女孩为了一个穷困的画家，背弃家庭，放弃学业，二十出头就跟他共组家庭。为了爱，她放弃了自己的梦想；为了爱，她真心奉献。拥有这么浓烈的爱，照说他们是该甜甜蜜蜜过一生的，可是不到几年光景，他们的爱情就死了。我爸一再感情出轨，我妈只会不断吵闹。结果呢？他们并没有过着幸福快乐的生活！爱情是很脆弱的，避免受伤的唯一方法，就是不爱。但有时候就连不爱，也是一种折磨。”徘香的声音在雾中变得虚虚缈缈。

殷希被她那种哀伤的神情震撼住了。“瞧你说的，好像已经看透了爱情似的，别忘了，你才十七岁，还没真正体验过呢！”

“爱情不是什么新鲜的话题，几百年来，古今中外，有多少人发表过评论，又有多少人留下警世箴言，哪需要亲自体验呢？”

“可是温格利就这样死了，不是太可惜了吗？我是说，你千辛万苦刻画出这样一个角色，就让他这么死了？”

“当然不是，故事还没进入高潮呢！你忘了白香吗？她就要出场了。”

“我不懂，温格利都死了，还写什么啊？”

“温格利虽然死了，但他怀有太多的情感，死后无法安息，变成了游魂，他回到CC身旁，原本只想再看她一眼。可是当他知道CC依然等着他，她的信不知何故未寄到他的手中，他痛苦不堪，舍不得离去。他守着她，看着她从一个少女变成独立自主的女性，看着她重拾生命的热情。他期待她能找到新的恋情，找到一个像他一样爱她的男人，可是CC忘不了他，拒绝了所有爱慕她的男人。她心中依然保存着那份爱，时时刻刻挂念着温格利。温格利感动不已，但阴阳两界，难以跨越。”

“你好残忍啊！竟然让一个深情的女人忍受这样的命运。”

“我不残忍，是命运太残酷了。”徘香长叹一声。

“命运确实是残酷的，但我还是希望你能对笔下人物多点同情心，特别是CC，那个跟我同名的女孩。”

“对于爱情，你会像我笔下的CC那么忠诚吗？”

“别扯到我身上来，”殷希掩饰着心虚，“你打算怎么发展下去？”

“当CC的生命即将终结时，仍对温格利念念不忘。她一直有个心愿，想知道温格利最后的生命时光是怎么度过的；也想知道，他是否是带着爱她的心离开人世的？温格利得知爱人的心愿后，飘回了阴阳海，四处寻觅一个可以跟他沟通，可以把他生前所写的日记带去给CC的人。他日日夜夜徘徊在阴阳海边，越来越着急，他好怕CC来不及看到他的日记就死了。他等着等着，终于找到了一个十七岁少女白香。白香照他的指示找到了那本埋在地下的旧日记，她愿意把日记送去给CC，可是她有条件，她要求温格利必须像爱CC一样地爱她。”

“想不到你安排了一段阴阳恋！”

“不然怎么可以叫《情牵阴阳海》呢？”

“你打算让白香来安慰温格利，取代 CC 的位置？”

“在温格利的心中，CC 的位置是无人可取代的，白香的出现只是更加坚定了他对 CC 的爱。”徘香的眼中忽然沁出泪水来，以一种哀愁的目光看着她，无力地说着：“你不觉得我的存在，也只是更坚定沈维刚对你的爱吗？”

殷希愣了一下，一时间竟答不上话来。

“如果你真的爱沈维刚，就离曹立昆远点吧！不要告诉我，你不知道他爱上你了。”

“你在胡说什么啊？他可是你妈的男朋友！”

“除了我妈那个笨蛋之外，任何人都看得出来曹立昆的心早就不在她身上了，就算没有你，他也会去找别人的。”

“你越扯越远了。”

“好吧，咱们不说他，说说你吧！你敢说你真的爱沈维刚吗？”

殷希恼火了起来，反问：“那你呢？你不也着爱他吗？”

“我从来都没否认我爱他啊！坦白跟你说，当我看着他时，我就会陷入一种狂乱中，全身好像通了电一样酥酥麻麻的。可是他爱你，不爱我。”

“如果你爱着他，为什么不……”殷希被自己没说出口的话愣住了。

“横刀夺爱？”徘香顿了顿，眼中充满了痛苦。“不是我不想，是我没那个本事。我跟他表白过了，可是他说他的心里只有你，容不下其他的人。”

“你跟他表白了？”

“是的，而且不只一次，但他都拒绝了。”徘香的目光涣散开来，头无力地靠在墙上。她那张过于苍白的脸，少了十七岁少女的天真，倒像满怀心事的老妇的面容。

殷希再度哑口无言。

“幸好他拒绝了。”徘香说。

“我不懂。”

“他如果没拒绝，此刻心碎的人就是你，我宁可自己躲着疗伤，也不愿意看到你流泪。”

殷希一阵感动，却故作冷淡地说：“这些话在小说里倒是挺感人的！”

“信不信由你。我原本想隐藏对他的感情，才会天天往老屋跑，可是我对他的爱太强烈了，躲藏根本无法浇熄我炽热的心。”

殷希的醋劲来了，嘲讽地说：“我还以为你在享受独处呢！说什么一个人唯有在独处时，才能真正地做自己，才能享受真正的自由，原来都是借口。”

“我不在意你嘲讽我，可是我真的需要独处。”徘香又是一声长叹，“当你在黑压压的人群中迷失了自己时；当你的孤独来自无法被接受时；当你正全力以赴结果却注定必然失败时；当你在感情上完完全全依恋一个人，却知道不会有结果时，就不得不藏起最初的本意，戴着面具去扮演一个别人希望的你。你不觉得那样很辛苦吗？所以我宁可让自己孤独，坦然地扮演自己，也不想活在别人的认同下，或去依赖任何人。”

“你的意思是，连朋友也不要了。”

“我当然想要朋友，所以我才说幸好他拒绝了。”

“如果他选了你，我会祝福你的。”殷希故作不在乎地说着。

“人们通常不会轻易原谅让自己心碎的人，就算可以，至少得经过一段时间！除非你根本不爱他。”徘香直视着殷希的眼睛。

“我爱他，我不会退让，”殷希越说火气越大，“你怎么办？你得花多长的时间才能忘记他的脸？”

徘香抬眼望着她，一字一顿地说：“一——辈——子。”

殷希惊讶得说不出话来。

Chapter 24

殷希觉得自己快崩溃了。

徘香眼中的哀愁一天浓过一天，只要一看到那个眼神，她就会忍不住想跟她说："我成全你。"可是她说不出口，她放不开沈维刚。

沈维刚比以前更常出现在民宿里。她不知道他哪有那么多时间？她问他，他都以没课带过，那显然是谎言。

有一次，她跟他说："一趟路这么远，不要常常来，免得耽误功课。"

他酸溜溜地答道："我要是不看紧一点儿，女朋友跑了怎么办？"

她恼火了。"你终究是不相信我的。"

他则淡淡地回了一句："你想多了。"

沈维刚眼中确实透露着不信任，尤其当曹立昆也在民宿时，他的一双眼睛好像带着刺似的，寸步不离地守在殷希身旁。曹立昆远远看着她，心里也像着了火似的，但他按捺了下来。他知道在没有和乔宁说明白之前，任何举动只会把殷希吓跑。可是他又忍不住想接近殷希。

殷希也避着他，避免跟他有任何接触，因为只要看到他的眼神，便能在瞬间击垮她的决心。可是他就在那里，怎么躲都躲不开，她不需要看他，就能感觉到背后有一对着了火的目光在一直望着她。她觉得自己快喘不过气来，快窒息了，却又无处可去。有一天她为了逃开这种目光，跑到报时山上，意外发现徘香和沈维刚在那里，她惊讶得几乎说不出话来。

“你怎么来了？”徘香问她。

她没理她，朝沈维刚迈进一步。“你怎么会在这里？”

沈维刚还没吭声，徘香却抢先说道：“如果说是巧遇，你一定不会相信，那就老实说吧，是我约他来的。”

殷希望着他们俩，眼中充满了不信任。

“徘香说想跟我谈谈小说的事，我就来了。”沈维刚尴尬地说。

殷希有种被出卖的感觉，冷冷地看着徘香。

徘香不以为然，依旧一副冷漠的表情：“没错，那也是个借口。我受不了家里的气氛，需要透透气，就把他约来了。”

“你不是已经有个秘密基地了吗？”殷希突然一愣，以惊惶的目光看着沈维刚，“我猜，你也去过老屋了吧！”

沈维刚像做了坏事被看穿似的，急忙解释说：“那是几个星期前，我想找个安静的地方看书，徘香提起那个地方，我就去了。”

“那又怎样呢？希希。”徘香冷冷地说。

“不怎么样，只是这件事你们俩为什么从来没向我提起过？该不会有什么事怕我知道吧？”

“你可以不信任我，但要信任你的男朋友，在这个世界上你恐怕找不到像他这么爱你的人了。”徘香“喔”了一声，转而又说，“我怎么忘了曹立昆呢？我敢说他对你也是一片真心。”

殷希的脸刷的一片惨白，沈维刚则是一脸愤怒。

徘香带着惯有的冷漠笑容，望向沈维刚。“小刚，别生气，希希是爱你的。”

殷希突然暴怒了起来，对着徘香说：“你要是那么爱小刚，可以跟我争啊，犯不着要这种手段，挑拨离间，太低级了吧！”

徘香又是一笑：“我要什么手段都没用，小刚爱的是你，不是我啊！是不是，小刚？”

沈维刚没理她，转向殷希：“我难道不能去我想去的地方吗？你想太多了。”

“你当然可以去任何你想去的地方，问题是，你不是不知道徘香喜欢你，你一点儿都不避嫌，难道想脚踏两条船？”

“你在说你自己吧！你既然跟我在一起，为什么不离那个姓曹的远一点儿？”

殷希恼火起来：“你终究是不信任我，他天天来民宿，你要我怎么办，搬出民宿吗？”

“够了，你们别吵了。”徘香制止他们。

“少猫哭耗子了，我们吵得越凶，你心里越高兴，不是吗？”

殷希愤然跑开了，沈维刚居然没有跟上来。

那天后，她和徘香的关系变得尴尬起来。徘香总是早出晚归，见了她也不说话，像幽灵一样地飘开。沈维刚也沉默了起来。他不再来民宿，和殷希只是通通电话，或发短信。殷希心里很不踏实，老觉得沈维刚一定跟徘香在一起，有几次她都走到老屋附近了，一想到沈维刚可能会在那里，她就不敢再靠近。徘香一定是在老屋跟沈维刚表白的，他真的会不为所动吗？在那么隐秘的地方，他们两个……殷希不敢再想下去，仓皇地跑开了。

她不再信任沈维刚，沈维刚也不信任她。当爱失去了信任，还能持续下去吗？

她烦透了，看到开往台北的车，就茫然地走了上去。

到了台北，她才发现根本无处可去，只好去赡养院。

李小姐一看到她，带着急切的口吻说道：“我正想找你呢，你竟然就来了。”她舔了舔唇，又说，“你外公病了，被送去医院了。”

Chapter 25

殷朝宾的情况变得很差，原本只是感冒，却因呼吸道感染，转变成肺炎，一个星期后住进了加护病房。

她看着这个带着呼吸器的老人，心里不由得害怕起来：如果他就此不醒，她唯一的线索就断了。更令她惶恐的是，他要是走了，她也就失去留在台湾的理由了。

她打电话给沈维刚，通话中，几分钟后她又打，还是打不通。她猛然想起徘香，他们现在会不会正在通话呢？她怀着忐忑的心拨了徘香的电话，同样是在通话中，她的心更加起疑了。

她吸了口气，让自己镇定下来。她告诉自己，电话打不通，并不能证明他们俩正在通话啊！她又打了一次，同样不通，她改拨民宿的电话。

“希希，你外公还好吗？”乔宁关切地问道。

“还好，乔阿姨，我想找徘香，她的手机打不通，你可以请她听电话吗？”

“徘香出去了，她说去台北，我还以为是去看你外公呢！”

殷希的心不安了起来，又拨了沈维刚的电话，这次通了。

“小刚，你可以来医院一趟吗？”

“我还有事，晚一点儿再过去……”

殷希感到脑门轰然作响，没有仔细听他说些什么，她吸了口气，试探性地说道：“我记得徘香好像说要去找你，她到了吗？”

“我还以为她没告诉你呢。她还没到，她想听一场我们系的演讲，要不要我告诉她你找她？”

“不用了。”她像被人刺了一刀似的，一颗心沉到了谷底！

“演讲结束后，我会立刻赶到医院去……”

他的话像烟似的从她的耳畔飘走了，她的心剧烈地颤动着。

“我从来都没否认我爱他啊！坦白跟你说，当我看着他时，我就会陷入一种狂乱中，全身好像通了电一样酥酥麻麻的……”徘香的话再度浮起。她哪是去听演讲，根本是借机接近沈维刚。只要一想到她的眼睛深情地望着沈维刚，殷希心中的火就冒了出来。

“我想我得花一辈子的时间才会忘记他的脸。”骗人！骗人！徘香根本不想忘记他的脸，他说不定也早已把徘香的脸刻印在脑海中了，想到他们俩正亲密地坐在演讲厅里，她就坐立难安。她在愤怒之余打了曹立昆的电话。

当她冷静下来后，觉得自己太差劲了，竟然把曹立昆当成了报复的工具。她想打电话叫他不要来，曹立昆已经出现在她面前了。

殷朝宾的病给了曹立昆一个接近殷希的机会。他极尽所能地安慰殷希，帮助她处理医院的各种事情，满足她的各种需求。他并不想在殷希心烦意乱的时候向她表白，却也不想再让她溜走了。

殷希也知道自己正在玩火，要是沈维刚看到了铁定又要大发脾气，却又不愿意赶曹立昆走。她需要一份安定的力量，曹立昆正好可以满足她。

“李小姐通知夏思浩了吗？”曹立昆问道。

“嗯，他说他正在美国出差，办完事后，会马上回来。”殷希说。

“你要的答案就快出现了。”

“我不知道他会带来什么样的秘密？我也不知道找到父亲后，我要怎么跟这个除了有血缘关系，却完全陌生的人相处？我当然不可能像电视剧里的剧情一样，一见面就扑到他的怀里痛哭。见到他时，我恐怕会一句话也说不出来。”

“先别想那么多，见了面再说吧！”

“我也这么告诉自己，可是我的心里好乱，你说这个秘密的出现会改变我的命运吗？如果我的爸爸不是我喜欢的人，或是令我看不起的人，怎么办？越到揭晓的时刻，我越烦乱，甚至有种想逃开的念头。”

曹立昆将她揽在怀里，她没有逃开。

那天晚上，殷希梦到了自己的母亲。

她对着母亲说，她快要找到答案了，母亲泪眼婆娑地看着她，泪水一颗接一颗地落下来，将她的脸、她的身体都淹没了。

殷希从梦中惊醒，不停地问自己，这个梦代表什么意思？是母亲在恳求她不要追根究底吗？还是想告诉她什么呢？她心神不宁，在网站上写着：

我的外公在病危状态中，舅舅即将回来。

我等待了十七年的谜底，即将解开，我却失去了期盼的心情。

这几个月来，我已经习惯了有什么心事就去向外公诉说。虽然我们的交谈总是牛头不对马嘴，我还是喜欢跟他说话。我不喜欢外公一再数落母亲，我试着替母亲说好话，但他记忆中的那些事就像被刻印下似的，怎么抹也抹不去。我索性不说了。

梦中的母亲泪眼婆娑，是不是也怕我知道她坏的一面呢？

她停了一会儿，又写道：

母亲曾经说过："一个人如果保持沉默，秘密就是他的囚犯；如果不够坚定，那个人就会成为秘密的囚犯。"她的沉默是为了当秘密的主人，还是为了保住我的尊严呢？

十七年的等待，是圆满的结局，还是残酷的命运？

殷朝宾的情况持续恶化，曹立昆的臂弯成了殷希最舒适的依靠，她知道在这个节骨眼上纵使乔宁起疑，也不会怪罪她，她也不是没有察觉到沈维刚的愤怒，但出于一种报复的心态，她不做解释。她反而利用悲伤和疲惫作为借口，贪婪地享受着曹立昆的安慰，却没有注意到她的放纵，让曹立昆陷得更深了。

这天下午沈维刚来到医院，又看到曹立昆揽着殷希的肩，一时醋劲大发，对着曹立昆吼道："请你不要把手搭在我女朋友身上。"

曹立昆尴尬地放下手，退了一步，殷希也有点尴尬。

“希希，到外面去，我有话跟你说。”沈维刚的语气依然带着愤怒。

殷希闷声不语，并没有想出去的意思。

“希希，出去透透气吧，你外公要是有什么状况我会立刻通知你的。”

殷希这才不情愿地走了出去，沈维刚默然不语，期待着殷希的解释，只要她说句话，给他一个理由，任何理由，都会立刻化解他心中的怒气。

可是殷希没有开口，默默在医院外的小公园中走着。

看着殷希悲伤的脸，沈维刚终究还是忍不住先低头了。“我刚才不该那么大声，但能不能请你离他远一点儿。你知道吗，我只要一想到你们天天一起待在医院里，就坐立难安。我也不知道自己怎么会这样，可是我真的好怕有一天他会把你抢走……”

“你为什么不相信我呢？”

“我当然相信你，但我不相信他啊！你敢说他对你没企图吗？他那双色眯眯的眼睛始终盯着你，你难道一点儿感觉也没有吗？”

“我当然有感觉。我感觉到他像父亲一样呵护我。他一直在帮助我。我为什么要远离他？”

“你如果不是太天真，就是个无赖。”沈维刚好不容易压抑的愤怒又高涨起来。

“你说我是无赖，那你呢？不要以为我不知道你跟徘香在搞什么鬼！”

“你是存心要吵架吗？你怎么可以怀疑徘香呢？她是你最好的

朋友啊！”

“连跟我相依为命的人都会伤害我，更何况只是一个朋友？不要告诉我，你不知道她喜欢你，她对你的爱恐怕胜过我好几百倍呢！”

“是的，她是喜欢我，她向我表白了，但我的心都在你身上，难道你感觉不出来吗？”

殷希的眼光柔和了起来，人也软化了下来。

“希希，我们不要再吵了，也不要让那些枝枝节节的事来妨碍我们，好不好？”

“那你就应该相信我啊！”

“我当然相信你，但是我必须保护我的爱情，我不能眼睁睁地看着他得寸进尺，一点一点地把你抢走。我更受不了天天提心吊胆，只要一想到你跟他在一起我就快疯了。就算你对他的感觉不是爱情，我还是受不了，我受不了任何人来分享你，我要完整的你，完完整整的爱情。你一定不知道我为了保有这份爱情心里有多痛苦吧！求求你，希希，不要再跟他在一起了，我会帮你的，甚至要我逃学来陪你，我都愿意。我只求你离开他，叫他走，不然我真的会疯掉的。”

“你要是真想保护我们的爱情，就该信任我，不要像个孩子似的乱发脾气。”

沈维刚的火气再度冒了出来：“和他比起来，我确实是个孩子。我幼稚，我不成熟，我小心眼儿，我只会乱发脾气，和他比起来，我什么都不是。你要是觉得他比我更成熟，你为什么还要跟我在一起？”

“那你又为什么要跟我在一起呢？徘香那么痴情，你为什么不投入她的怀抱呢？”

“干吗又扯到她身上，我是在谈我们之间的事。”

“她也是我们间的一个环节，不是吗？她难道没告诉你吗？当她看着你时，就会陷入一种狂乱中，全身好像通了电一样酥酥麻麻的。你敢说你对她没有任何感觉？说不定你也为她疯狂，为她着迷……”

“说够了吗？你如果不是存心找碴儿，就是逃避话题来掩盖你和曹立昆间的暧昧，我不会上当的。你今天必须在我跟曹立昆之间做个选择，你到底是要他，还是要我？”

殷希猛吸了口气，痛苦地望着他，然后说：“既然你这么说，我们就分手吧！”

“你说什么？”沈维刚的脸上混着惊愕和痛苦。

“是你说的……”她咬着牙，比刚才更坚定地说，“我们分手吧！”

“我只是一时气坏了才口不择言，你怎么可以当真呢？”他的声音像被冻结似的，僵硬而干涩。

“这种事是可以随便说说的吗？”她漠然应道。

他感到事态严重，哀求说：“希希，我真的是气坏了，脑子糊涂了，我不该逼你做选择的，求求你，千万别当真，我……”

“别再说了。”殷希的目光严肃，坚定地说，“我们分手吧！”

“希希……”沈维刚痛苦地看着她，双唇颤抖，许久才吐出几个字，“别这样。”

“去找徘香吧，她比我更爱你……”

沈维刚由痛苦转为愤怒。“我要找谁，不劳你费心，倒是你，别忘了曹立昆还有个乔宁，你真以为可以得到他吗？”

殷希的心触动了一下。“我们分手，跟他无关。”

他火爆怒吼：“鬼扯，如果不是他，我们怎么会搞得这么僵！”

她看着他，原想再说什么，却还是一言未发。

他知道挽回不了了，为了保全最后的一点自尊，他转过身，步态有些踉跄地朝医院大门走去。

殷希站在那儿动也没动，视线逐渐模糊起来。有那么一瞬间，她几乎要追上去，跟他说这不是她的本意，她只是压力太大了，才会那么依赖曹立昆。然而她没有追上去，也没叫住他，她只是呆呆地站在原地，一动也不动。

Chapter 26

接连几天，殷希都做着相同的梦。

梦中的她穿着一袭礼服，踩着高跟鞋，青春亮丽地出现在一场宴会中。她受到热情的追捧，却拒绝了所有向她示好的人。她在人群中穿梭着，好像在寻找什么人。她的目光从一张又一张的脸上滑过，那些脸孔既熟悉又陌生，有中学的同学，有交往过的男友，连徐徘英也在里头，但那都不是她想找的人。她睁着大眼看着，找着，她看到了沈维刚。他含着笑，深情款款地朝她走来。就在沈维刚向她伸出双手，准备拥抱她时，她朝另外一张脸跑了过去。那张脸却转了过去，牵起一个女人的手走开了。她急得不得了，想叫他，只能发出呀呀声。那个女人突然回过头来，眼中射出熊熊怒火。

她从梦中惊醒了，松了口气，可是只要一闭上眼睛，乔宁那张愤怒的脸便会再度浮现。

她再也睡不着，索性坐了起来。房间里一片漆黑，惨白的街灯像个垂死的病人，正在生死边缘挣扎着。她起身走向窗旁。窗外正下着雨，雨滴顺着玻璃窗流淌下来，好像一行行的泪水。她看到自己的脸映在玻璃上，就成了一张泪流满面的脸了。

她看到自己眼中的内疚，那眼神让她再也无法否认，她是真的爱上了曹立昆。

她怎么会那么自私，那么可恶呢？她的泪水不停地流下来，直到眼前一片蒙蒙。

往事如潮水般涌现。她看到自己怀着沉痛的心情踏入民宿，看到乔宁对她展开双臂；她也看到徘香忧虑的神情；看到欧阳阳热情的笑容。她还看到了痴呆的老人，周邑的沉默。还有，沈维刚的愤怒，曹立昆的温情……这几个月来的点滴仿佛影片般，在眼前一一重现。

窗外的雨越下越大，她的泪水也源源不止，她抹去泪水，坚定地对着玻璃中的女孩说着："你已经伤害了沈维刚，不能再伤害乔宁了。"

她就这么一直坐着，直到晨光逐渐明亮起来，窗外的雨变小了。细细的雨丝迷迷蒙蒙地洒在街头。雨中的山城，孤寂冷清，宁静得使她能够听得到自己的心跳声，听得到屋檐上的水珠滴落在地上的声音。她茫然地坐在窗前，看着在雨中流浪的小猫，看着孤立在寒风中的芒草，看着被雨追逐的旅人，还有那一幢幢受到风雨侵蚀的建筑。冷风掠过老街，在小雨中的山城盘旋着。

一股凝重的气氛笼罩着民宿，寒气在空荡荡的屋里流窜着，冰冷得连呼出的气都凝住了。在这样的天气里，没有客人，殷希也没有什么工作，她不必急着下楼，她又缩进被窝里。她躺在床上，想起了自己的决心，立刻又陷入沉思中，如果在医院遇到曹立昆，该怎么面对他呢？

乔宁悄悄走了进来，轻轻说了声：“别起来。”

殷希还是坐了起来，就像受到惊吓的鸟儿，整个人惶然不安。

“睡得好吗？”乔宁关切地问。

“还好。”她不敢正视乔宁的目光，免得心中的内疚再度蹿起。

“等你表舅回来了，你要找的谜底就会揭晓了，你现在的心情一定很复杂吧？”

“乔阿姨……”她想坦白，想请求原谅，但许多话都哽在心头，最后只能勉强吐出“谢谢你”三个字。

“别这么说，你也帮了我不少忙。”

她再也找不到可以说的话，乔宁也闷不作声，空气顿时凝重了起来。

过了好一会儿，乔宁才又说：“看到墙角边那棵草了吗？它在夹缝里挣扎，努力地寻求出路。每当我站在这里时，总会忘我地看着它，看着看着，心里就有了力量。”

“你常站在这里？”

“想徘英的时候就会来他的房间坐坐。他是个贴心的孩子，可惜离得太远了，徘香在身边，反倒跟我不亲。人生啊，真的很难完美，我好不容易从失败的婚姻中站了起来，正为了重新找到爱情而喜悦时，女儿却视我为仇敌，唉！”她长叹一声，哀怨的尾音疲惫地消失在冰冷的空气中。

“徘香才没把你当仇人，她只是……”

“她只是不喜欢我交男朋友，是吗？一个离了婚的母亲难道不能重新享受爱情吗？我不只是个母亲，也是个女人，不是吗？”

“我也这么跟徘香说过。”

乔宁突然抓着殷希的手，以恳求的口吻说：“徘香不懂，你懂，对不对？你不会阻碍我追求幸福，对不对？”

殷希的心被刺了一下，眼神急忙避开。“乔阿姨，你弄疼我了。”

“对不起。”乔宁松开了手，望着她，像要听她的保证似的说：“你不会像徘香一样阻挠我跟立昆在一起，是不是？”

“怎么会呢？”殷希不敢看她。

“立昆成熟、稳重，学识丰富，幽默风趣，又慷慨大方，谁都会喜欢他的，但这都不是我跟他在一起的原因。我和他在一起，只是因为我爱他。”

殷希窘迫得不知如何是好。

乔宁顿了顿，眼神里混杂着痛苦和哀求。“你还年轻，还体会不出一个被爱伤害过的女人的心情；你也不会知道，我是鼓起多大的勇气，才敢再接受另一段感情。刚离婚时，我根本不敢奢望老天能再赐给我幸福，立昆却一直陪在我身边，如果不是他一直在安慰我，大概也不会有今天的我。和他在一起，我很快乐。但有时候我又会感到害怕，我怕人生无常，怕过度预支了我的快乐。特别是最近，我总觉得很不安，我发现他最近老是心不在焉，我不知道他是不是有其他的女人，还是不再爱我了。我很怕会失去他，我也不知道能不能再次承受感情的创伤。”她又叹了口气，转向殷希，“希希，你跟曹叔叔那么亲近，一定知道他的心思。你说，他会不会离开我呢？”

“不……不会的。”殷希慌乱地摇着头。

“真的？”乔宁满意地笑了。

殷希木然地点了点头。

“我们早该结婚了，都怪我，太在意徘香了，现在她也大了，我得为自己想想。”她又笑了起来，“到时候你愿不愿意当乔阿姨的伴娘呢？徘香是铁定不会肯的，你不会拒绝我吧！”

殷希摇着头，却不知道自己是否能面对那种情境。

“谢谢你，希希。”乔宁笑了笑，“去看外公吧，民宿的工作我会打理。”

乔宁站了起来，带着满意的笑容走了出去。

殷希的心里愁绪翻涌，乔宁一定是看出什么了，不然不会跟她说这些的。她再度告诫自己，不能再沉溺下去了，今天一定要跟曹立昆说清楚。她要让他知道，她并不爱他，也不希望他再来医院了。她不知道自己能不能做到，但一定要这么做，否则就太对不起乔宁了。

她走到楼下，看到徘香面对着落地窗，凝视着窗外的雨滴。

她原不想惊动她，却无法克制地说了句：“小刚归你了，我们分手了。”然后打开雨伞，无声地走入雨中。

就在那一天，殷朝宾过世了。

Chapter 27

在筹备丧礼期间，殷希小心地避着曹立昆，曹立昆却想尽办法想接近她。

她看到他眼中的焦躁和愤怒，生怕他会不顾一切打破表面的平静。她不停地祈求着，但愿丧礼快点过去，不管表舅带来什么样的消息，她已打定主意离开乔宁的民宿。可是，冲突还是爆发了。

就在丧礼前一天下午，曹立昆逮到了殷希独自一人的机会，上前质问她："为什么要躲着我？"

"我没有啊！"她口是心非，准备逃开。

"你现在不就想逃吗？"

"我只是累了，想去休息。"

"你难道不知道逃避是弱者的行为吗？"他的目光像火一样。

"我不知道你在说什么。"她感觉到自己的脸颊微微热了起来。

"你知道，你当然知道。"曹立昆的口气软化下来，靠向她，想拥抱她。她躲开了。

"你不能就这样逃开，你不能！"他的眼神散发出强烈的不满。

“你点燃了我的热情，把我的心都偷走了，你怎能在这个节骨眼上逃开呢？我知道你在顾忌什么，我们可以一起面对，有我在，你别怕，我会把事情都处理好，绝不会让你受到任何伤害的。但你也要答应我，不要不理我，我受不了你冷漠的样子，那不是你的真意，我知道你不会离开我的，对不对？”

“不对，”殷希压抑着心里的感情，口是心非地说着，“我本来就是一个喜欢逃避的人，只要遇到讨厌的事或讨厌的人，我的本能就是转身跑开。我最大的本领就是逃避，逃避不了，我就会装病。从上学的第一天开始，我没有一次考试不胃痛，我向来讨厌清洁工作，可是我现在整天做的就是拖地和打扫这些令人讨厌的事。你说我为什么不逃？还有你，越来越惹人厌。我要是不逃避，我就会疯掉，你想我发疯吗？”

“你胡说，你要不是喜欢我，怎么会发疯呢？”曹立昆跨步上前，将她拥在怀里。

她越是挣脱，他将她搂得越紧。

“不要逃，你知道你逃不了的，我知道你是爱我的，不然你不会逃的。”他的眼中带着熊熊烈火，整个人就快燃烧起来。“听好，我不会让你逃开的，我需要你，我爱你。”

他那灼热的目光让她失去了挣脱的力气。她倒在他的怀里，任由他亲吻着她的额头，她的面颊。他那滚烫而颤抖的嘴唇在她的颈间移动着。她听到他浑浊而急促的喘息声，好像一头野兽，快把自己吃了似的。她感到晕眩，喘不过气来。她喃喃说着：“不要，不要。”

“别怕，别怕。”他以最深情、最温柔的语调说着。

她在他的温柔中融化了。她什么也看不到了。她随着他的喘息而呼吸着，随着他的心跳而活着。当他用一只手捧起她的下巴，双眼凝视着她时，她感觉不到自己的呼吸，觉得自己仿佛死了一样。当他那灼热的嘴唇碰触到她的时，她看到了乔宁愤怒的眼神。她猛然将他推开。

“乔阿姨……”她张皇失措，忐忑不安。

“要上演亲密的戏码到外头去，不要妨碍我做生意。”乔宁的脸色白得吓人。

“乔宁，我们好好谈一谈……”

“你走吧，殷希还有的忙呢！”她冷冷地看着曹立昆，眼中充满了恨。

“我得先把话说清楚，我不能就这样走了。”曹立昆望向殷希。她像一只惊弓之鸟，垂着头，缩着身子，看得他好心疼。

“你想说什么，说你爱她，是吗？”乔宁咬牙切齿地说着。

殷希满怀愧疚，想解释，想道歉，却被乔宁那仇视的目光封住了口。

乔宁转向她，眼中冒着火。“我以为我已经把话说得很清楚了，你还是存心为难我，你恩将仇报，有没有良心呀！”

殷希泪流满面，转身跑了出去。

她听到曹立昆在背后叫她，她没回头，一路跑过老街，感觉脚步有些虚浮，好像踩不到地似的，她没停下来，仍然快跑着。冬日的阴霾使得天空格外苍凉，瓦蓝色的空气在她的跑步声中缓慢地流动着，路旁的草木在她的脚下瑟缩地摆动着，她不知不觉来到老屋。

老屋四周萧然，寒风料峭。她靠在树干上回想着刚才的景象。曹立昆真过分，他怎么能破坏她的宁静，怎么可以撕破她的伪装？逼得她非走不可了。

她不自觉地伸手摸着自己的双唇，嘴唇上温温热热的，那是他遗留下来的气息吗？想到他的吻，一股温情荡满了心底。

一阵冷风从屋后吹来，她觉得冷，缩着身子走进屋里。屋里一样冰冷，寒风从破裂的窗口窜入，幽魂似的在她身上爬行。她想起孤寂的身世、空荡的未来，一滴又一滴的泪水滴落在鞋面上。

她蹲了下来，趴在徘香用来当书桌的台子上。

她无声地趴着，听着自己残破的心微微跳动。她好渴望那个温暖的臂弯，和那一声声的呵护。曹立昆，你在哪儿？她在心里呼唤着。此刻的她比任何时候都需要他，但他在哪儿呢？会不会正设法修补他跟乔宁之间的裂痕呢？如果真是那样，她的内疚就会减少些，但有了裂痕的感情可以修补吗？她突然想起了徘香房里的那面镜了。

冷风不停地窜入她的体内，她仰头靠着墙面，那是徘香常有的姿态，从那里望去，正好看见那扇破裂的窗子。树枝在破窗外摇动着，这次她不再上当，那里没有温格利，也没有任何游魂，只有残冬的冷漠。

屋内迅速地暗了下来，她双手环抱，缩着头，以最大的毅力抵挡着冷峻的寒风和满怀的孤寂。

月色朦胧，树叶沙沙响着，一个人影在屋外晃动。

一袭黑色的衣裤，冷风在她纤细的身体上抖动，让人有种凄然的感觉，她的眼却如星星般闪亮。殷希抬起头，凝视着渐渐靠近的徘香。

“我没地方可去。”

“当然有，只是你要不要罢了。”

“我不可能再回民宿了，我伤了乔阿姨的心，我不可能再回去了。”殷希的泪水止不住地流了下来。“我真的不想把事情变成这样，我太自私了。”

“这是人性，每个人都有阴暗的一面。”

“你的口气怎么好像一个七十岁的女人。”

“我还没那么老，但我确实超越了十七岁，我是说在心智上。”

“我该怎么办？”

“你可以去找他。他能给你所要的一切，父爱、情人、经济上的舒适，和他在一起，你就不会孤苦无依了。”

“我怎么可以这么做呢？”

“为什么不可以？”她微微一笑，“一个寄人篱下的少女，在良知与爱情中受尽煎熬。她想报恩，却禁不起爱情的诱惑，伤害了她的恩人……你不觉得这很戏剧化吗？”

“你的想象力足以让你成为一个伟大的小说家，可惜我平凡的人生无法成为你写作的题材。”

“你当然可以。还记得我们刚认识时我就说过，如果可能，我愿意用自己的人生跟你交换吗？你的经历太曲折了，要是写成小说，铁定会登上畅销排行榜。”

“少挖苦我。”

“我没那个意思。”

“你会怪我吗？”

“我没有立场。”

“我毁了你妈的幸福。”

“干吗那么自责呢？如果他们的爱情真的那么坚固，十个殷希站在曹立昆面前都发挥不了作用的，不是吗？”

在幽暗的夜光中，殷希看到了理解的目光，她的心再度激动起来。

“回去吧！”

“我是该回去了，我想回英国去了。”

“把事情搞成这样，竟然想一走了之，真不负责任。”

“我不是逃避，而是像你说的，该真诚地面对我的人生了。”殷希的泪水溢出了眼眶。“我已经浪费太多时间了，太多了……”

“何必在乎那几天呢？打起精神来，让我们一起为我们的十七岁剩下的日子奋斗。”

“不只是几天，我已经浪费了十七年的生命了。”

“我不懂你在说什么？”

殷希倦怠地看着她，目光松散而迷蒙。“你难道看不出来吗？我们的十八岁倒数计时是不同的。你要在十八岁前绽放十七岁的光芒，那是一种生命的追求；欧阳认真练舞，不管是为了爱情，或是为了得到冠军，也是一种生命的追求。而我呢？我却在追寻生命的起点，那是属于我妈的秘密，跟我的人生有什么关系呀？我真笨，竟然为了她的秘密浪费了十七年的时间。为了那个秘密，我荒唐过，堕落过，我更忽略了自己生命的意义，我该清醒了……”

“可是那件事对你来说是很重要的。”

“它是很重要，但有必要把十七年的生命都耗进去吗？你们的十八岁倒数计时可以在努力中看到进展，我只能无奈地等待。当倒数终止那天，你们会得到期待中的收获，我依然是一片空白。就算找到了答案，我的人生也不会就此翻盘啊！我不会从灰姑娘变成公主，我还是原来的我！我还是得面对真实的人生。不管我的父亲是谁，企业家也好，政治人物也罢，我还是得靠自己的努力去开创属于我自己的人生。我把挖掘身世当成了倒数的目标，这对我的人生有什么帮助呢？”

“当然有，它会让你的心安定下来，你要是没找出那个答案，你会继续在恋父情结中打转，以前你迷恋老师，伤害徘英，现在换成了曹立昆和沈维刚，以后不知道还会有多少倒霉鬼。没找到那个答案，你会一生漂泊不定，我可不想看到你一直沉沦下去，所以你一定要坚持到底，希希，打起精神来，为我们的十八岁倒数计时做最后的努力，好不好？”

殷希泪流满面。

“希希，勇敢地为我们的十八岁倒数计时做最后的努力吧！我们的十七岁没剩几天了，十七岁，是一个少女最灿烂的年纪，绝不能就这么浪费了。我要用所有的能量把十七岁燃烧起来，我不在乎我的小说会不会出版，我也不在乎有没有人喜欢，我是为我的十七岁而写的，那是我十七岁的生命。我急得不得了，因为我怕写不完。我这么努力，你怎么能临阵脱逃呢？再看看欧阳，她为了追求爱情，每天咬紧牙关在练舞，你该去看看她的脚，瘀青、浮肿，她却没叫苦，你怎么能这么轻易就放弃呢？”

“可是我已经没路可走了。”殷希又哭了起来。

“回去再说吧！”徘香搂着她，轻柔地说着。

殷希想起了乔宁的眼神，犹豫了起来。

“是我妈让我来找你的。她虽然生你的气，却不是一个铁石心肠的人，回去吧！”

“不，我不能回去。”

“那到欧阳家去吧！”

“可以吗？”

“当然可以，只要你不介意跟她挤一张床。”

殷希挽着徘香，两人并肩离开了老屋。

丧礼那天，曹立昆悄悄地出现了。他默默地站在远处，目不转睛地看着殷希。徘香发现了，没有惊动任何人，只是冷冷地看了他一眼，像什么事也没发生似的。

丧礼结束后，徘香和欧阳阳先行离去，殷希看了曹立昆一眼，什么话也没说，便和夏思浩带着殷朝宾的骨灰去郊区的灵骨塔了。

夏思浩很年轻，不到四十岁。他满怀歉意地对殷希说："雅琦表姐根本不可能有一个这么大的女儿，我以为是诈骗集团，所以才会不理你。"

"可是我真的是她的女儿啊！你不觉得我们长得很像吗？"

"是有些像，不过你更像心慧表姐，你和她简直是一个模子印出来的。"夏思浩顿了顿又说，"我相信你应该是心慧表姐的女儿。"

殷希震惊极了。

"你说你再过两个月就十八岁了，算一算心慧表姐的女儿也应该是这个年纪。"

"你到底在说什么？我都被你弄糊涂了，我妈是雅琦，怎么可能是心慧呢？”

“你一定是心慧表姐的女儿，心慧表姐的女儿出生时，雅琦表姐正好和她的未婚夫解除婚约，她不可能在那时候生下你的。”

“我如果是心慧的女儿，怎么会被雅琦带走呢？心慧又在哪儿呢？外公过世了，她为什么不回来？”

“你别激动，等你见到了李祖越后一切就会明白。他人在英国，我可以安排你去找他，你要是不愿意去，我相信他要是知道心慧表姐的女儿在台湾，他一定会立刻赶来的。”

“他又是谁呢？”殷希感到事情越来越复杂了。

“他就是和雅琦表姐解除婚约的人。”

“你越说越复杂，我都被你搞糊涂了。你为什么不直接告诉我呢？”

“不是我不告诉你，而是这件事情很复杂，我知道的又不多，与其说得不全，平添你的困扰，还不如不说，是不是？”

“你们是表姐弟，怎么会不知道她的事呢？”殷希还是感到奇怪。

“我们虽然是表姐弟，但她们在我很小的时候就都到英国去了，我根本不知道她们究竟出了什么事。我曾听妈妈提过一些，当时我并没太在意，后来妈妈过世，舅舅被诊断出失智症，她们的事情除了李祖越外，没有人说得清。舅舅在住到赡养院前给了我一包东西，要我交给李祖越，请他交给心慧表姐，我也是因为这样才知道有李祖越这个人。”

“为什么要交给李祖越，他跟心慧是什么关系？”

“这些年来都是他在照顾心慧表姐。”

“她到底怎么了？”

“见到他不就都明白了吗？你想回英国，还是让他来呢？”

“我去，”她感慨地说，“外公不在了，我也没有理由留在这里了。”

Chapter 29

离开，并不如她想象的那么容易。

阴阳海在寒风中瑟瑟发抖，灰浊暗淡，仿佛正在为她伤感似的。天空飘着一片片浓得发黑的乌云，像一群展开双翅的乌鸦，要把整个天空都覆盖住。弥漫在空中的水汽阻挡了乌鸦飞行的速度。水汽在黑色的云阵中飘移,也在她蒙眬的眼中飘飞。雨珠未落，她泪已成行。

此刻她才真正了解，她是多么喜欢这个地方，而且从一开始就爱上了。可惜自己已经没有留下的理由。她必须离开，不只是为了那个秘密，更为了避免见他。

她知道只要靠过去，立刻就可以拥有所有她渴望的东西，一个温暖的家，一个如父亲般慈爱的情人。在他的怀里，她可以放肆，可以任意撒娇。可是她不能，为了乔宇，她必须离开。她仰着头，在那片灰黑的天空中，她看到他的影像在雨雾中飘飞，他的脸、他的眼睛、他的嘴唇，随着雨雾聚合成形，也随着雨雾飘离飞散。

手机响了，看到曹立昆这三个字，她的心像被撕裂了一样。

她的手，颤抖着；她的心，挣扎着。她知道她如果没接，他一定会再打来，索性心一横，把手机丢进阴阳海里。

雨，飘了下来；雾，也飞了过来，在海和她之间洒下一层白色纱帐。她黯然对阴阳海说了声“再见”，也在心里默默跟曹立昆道别。

她回到老街，茫然地逛着，一想到明天就要离去，心中怅然若失。她走进常和徘香一起喝茶的茶楼，坐在她们最喜欢的那张桌子旁，望着被雨雾遮蔽的大海，忍不住又流下泪来。

晚上，徘香来了，三个女孩窝在欧阳阳的房里，离情依依。

屋里的台灯无力地洒下昏黄的光晕。她们各自坐着，彼此沉默着。窗外，天高月斜，一阵夜风穿透了白纱窗帘，带着冰冷的寒意，幽魂似的在她们身上蠕动。

“你会公开那个秘密吗？”徘香首先打破了宁静。

“我不知道，我应该吗？”殷希心里乱糟糟的。

“如果是我，我会。”欧阳阳说，“网友们都在期待，我觉得你应该给大家一个交代。”

“万一很难堪呢？”

“你到底在担心什么？”欧阳阳说，“就算你只是一夜情的产物，或是在不被期待的情况下制造出来的，那也不是你的错啊！”

“如果是我，我不会公开。”徘香眉头深锁，目光从窗外移向殷希。

“你也觉得太难堪了？”殷希望向她。

“那不是重点，而是私事没必要公开在阳光下。”她说。

“如果这么在意隐私，当初就不该设这个网站。”欧阳阳反驳，

“你想从网络得到温暖和鼓励，就必须付出，这是公平原则。”

“玩网络需要这么认真吗？”徘香回了一句。

“别再说了，让我想想吧！”殷希说。

欧阳阳把话吞了下去，徘香的脸上蒙上哀伤的神情，气氛顿时沉重起来。

过了一会儿，徘香又开口了：“你会再回来吧！”

殷希答道：“回不回来，我们都是好朋友，是吧？”

欧阳阳答道：“对，一辈子的好朋友。将来不管发生什么事，我们都要当一辈子的好朋友。”

“我从来都不认为有所谓的一辈子的朋友，时间、空间会冲淡友情的亲密度；不同的境遇，不同的心情也会让人生疏，但是，为了你们，我愿意相信。”徘香露出一个凄然的笑容。

殷希再度被触动了。“谢谢你，徘香。”她觉得自己快哭了。

“你们说，我们三个谁会最先达成十八岁的倒数计时目标呢？”徘香的声音带着些许的激动，脸上也漾开了笑容。

“一定是你，你那么投入，快写完了，不是吗？”欧阳阳说。

“你打算怎么收尾呢？”殷希问。

“我还在考虑，有条件的爱，不会持久的；可是无私的爱，有悖人性，两者之间好难拿捏啊！”徘香皱着眉头，一脸苦恼。

“谁都知道爱情是自私的，但那不会是受欢迎的结局。如果我是你的话，我就不会想那么多，顺着感觉去写吧，别人怎么想，随他们去吧！”欧阳阳说。

“欧阳说得对，徘香，就照着自己的感觉去写吧！”

“好吧！”徘香应声，目光飘向窗外，踌躇了几秒，问道，“希希，你不介意我跟小刚在一起吧？”

“我跟他已经分手了，没有立场反对。”殷希说。

“希希，你应该祝福他们，我想在这个世界上再没有人比徘香更爱沈维刚了。”欧阳阳说。

殷希望向徘香，正好迎上徘香的目光。她真心诚意地说着：“小刚能拥有你的爱，是他的福气，我祝福你们。”

“谢谢你，希希，只怕我无法取代你在他心中的位置。”哀伤回到徘香眼中，她的声音显露了心中的无奈。

“给他时间，他会忘了我的。”殷希鼓舞着她。

“告诉我，需要多久的时间？”

“我不是他，我无法回答。”

“要一辈子吗？”

“他不是十七岁，用不着花上一辈子的时间来忘记我的脸。”

“那你呢？你要花多长时间才能忘了曹立昆呢？”徘香追问。

“我不知道。”

“一个月，还是一年，或是一辈子？”

“别再问了，徘香，我真的不知道。”

欧阳阳见气氛凝重起来，急忙转移话题。“如果锺屏明天跟我告白，我就不参加比赛了，每天练四五个小时好累喔！”

“别傻了，老是随着别人摇摆，到头来两头落空。”徘香冷冷地说。

“比赛对我来说不过是个手段，你们都知道我要的是什么啊！”

“欧阳，不许你那么做，就算他待会儿就跟你告白，你还是要继续练舞，要把拿冠军当成十八岁倒数计时的目标，否则你就别来见我。”殷希说。

“你放心，他明天不可能跟我告白的。只怕比赛结束后，他还是什么都没说，他根本不会爱我的。”

“那是他的损失。”殷希说。

“是吗？”欧阳阳叹了口气，话锋一转，“希希，你真的不打算再回来了？”

“我已经决定不管答案是什么，我都要留在英国把最后一年高中念完。”她吸了口气，像在宣告什么似的，“我的十八岁倒数计时该画下句点了。”

徘香站了起来，眼前忽然一片黑暗，她扶住窗台，好一会儿，血液才又涌上来。她无力地说：“那就让我们在此告别吧！”

殷希抬头看她。她的脸被长发盖住，殷希知道她哭了。

殷希同样泛着泪光，低声应了声：“你们要保重。”

欧阳阳也哀伤了起来：“你也是。”

徘香的话卡在喉头，什么也说不出来，任由泪水沾湿了脸颊。

她们默默互相注视着，目光洒落在彼此的眼睛里。越来越浓的夜色渐渐湮没了彼此怜惜的目光，大家把难舍的情谊深深烙印在各自的心里。

才踏出伦敦希思罗机场，殷希就听到有人叫她的名字。

他是李祖越，一个很有品味的男人，一百八十公分的高身材，顶着一张略带冷酷的脸。他具有一种艺术家的敏锐气质，又有一种商人的干练。

“你怎么会认得我？”

“你跟心慧太像了,没有理由认不出来。”李祖越显得有些激动，一双眼睛直直地盯着她看。“你从机场走出来的刹那，我还以为是心慧呢。”

殷希不知道如何回应，僵立在那儿。

李祖越挤出一个勉强的笑容，说：“我知道你一定等不及想知道所有的事，但这件事太震撼了，到现在每每想到这件事，我的心情依然波动得很厉害，为了不妨碍我开车，我们在回到家之前什么也别说，好吗？”

殷希点点头，默默坐上李祖越的车。

李祖越的家位于伦敦北方，前院种了一排竹子，大门前有一对石狮子，很有东方情调。房里布置得很雅致，白色调的客厅里除了一架钢琴、一组L形沙发和几件雕塑品外，并没有其他家具。窗台很大，阳光落在米色的地毯上，干净得就像个展览场。殷希被带上二楼的卧房，窗户面对着后院，平整的草地上种着几株竹子，没有花，也没有树。居住环境显现一个人的个性，殷希很难想象，李祖越和她的母亲过去居然是一对恋人。

殷希回过头来，发现李祖越就站在门后，正在等着她。

“这是一个悲剧，你要有心理准备。”他说。

殷希感到一颗心正堵在喉头上，差点无法呼吸。李祖越的眉头也紧紧皱在一起，仿佛很难启口。

“你的妈妈心慧……她现在在牢里。”他顿了顿，以一种痛苦的声调说，“她杀了自己的丈夫，也就是你的爸爸。”

“她杀了……”殷希以为自己听错了，两个眼珠子直愣愣地望着他。

“我就知道你会很震惊。”

“到底是怎么回事？”她听到自己的声音颤抖得很厉害。

“这些年来，我一直在准备，准备在见到你时，怎么告诉你心慧的事。我很怕雅琦会误导你，幸好她什么也没说，人毕竟是有良知的，她一定活得很痛苦。”李祖越叹了口气，眉头都皱在了一起。

“到底是怎么回事？”她重复着刚才的话。

“这不是一件容易说清楚的事，你有时差，心情也太激动，还是明天再说吧！”李祖越的眼神和她短暂交会，又说，“你不要担心，你的妈妈心慧绝不是坏女人。她深爱她的丈夫，就是因为太爱他，她才会以自己的自由来成全他，这需要很大的勇气。”他微微一叹，

“你休息吧！需要什么尽管开口。”

“我什么也不需要，我只想知道到底是怎么回事！”

“不要急，明天我一定会一五一十全都告诉你。”

李祖越走后，殷希呆坐在那里，脑子里不停重复着李祖越的那句话：“她杀了她的丈夫”——太让人震惊了！她觉得无法呼吸，几乎要窒息了。

她明明已经累得无法再做任何事，但就是睡不着，一闭上眼睛，徘香那惨白的面容又浮现在眼前。

在欧阳阳家最后一聚后，她们说好了不再道别。但离开前的清晨，她并没有直接走向车站，而是去了乔宁民宿。她不是去道别，只想再次凝望，回顾那段属于她和徘香的十七岁岁月。

清晨弥漫着离愁，悲情笼罩着山城。她的目光随着晨光移到民宿顶楼，望向她所熟悉的窗口。出乎她意料地，徘香就站在窗边，长发垂落在胸前，像一扇柔软的黑绸窗帘在晨风中飘飞。她的脸色苍白，眼睛大而干枯，目光缥缈而没有光泽。殷希心痛万分，徘香一定是一夜未眠。殷希在心里咒骂着自己，不该绕回来的。

就在她转身跑开时，窗口传来一声呼喊：“等一等。”徘香随即飞奔而下。

她们相拥而立。徐徐的晨风吹扬起徘香肩上的长发。殷希的风衣也被吹得鼓胀起来。殷希无法自已地哭了，徘香那永远忧郁的眼中同样溢满了泪水。

殷希带着抱怨的口吻说：“你干吗站在窗口！真讨厌。”

徘香哀伤地说：“你不也回来了吗？”

殷希强颜欢笑。“干什么啊！又不是再也不会见面了。”

徘香还是那么忧郁。“我说过，我从来都不相信什么一辈子的朋友，眼前抓不到的，就什么也不是了。我有种预感，我们再也不会见面了，再也不会了。”

殷希紧紧握着她的手。“胡说八道，既然是朋友，就一定会再相见的。”

“我应该相信你的，但我还是好怕，好怕你这一走，就再也不会回来了。”

“你再这么说，我要生气了。”

“别气，我不说了。”

她们默默看着对方，再也没说什么。浓浓的离愁和对未来的茫然，像一堵厚实而难以穿越的墙，横亘在她们之间。

殷希缓缓伸出手，有些苦涩地摆摆手，然后跨步后退。

徘香挥着手，冷风穿过她单薄的黑毛衣，风将她的头发吹得飞扬起来。她往前走了一步，殷希阻止她：“别再送了，进去吧！”

她停住脚步，挥着手。“一到伦敦立刻写信。”

殷希点点头，脸上同样一片湿漉漉。她转过身，只觉得路面在眼中一点点扩大，扭曲着。她停下脚步，想再看一眼那远方的海，映入眼帘的却是一片朦胧。

她叹了口气，立刻写了封信给徘香。

信写完后，她登录十八岁倒数计时网站，看到徘香又新贴了一段文字。

十七岁，是一个人明白了什么是“喜欢”，什么叫作“爱”的年纪。

十七岁，也是一个人对爱情最真诚，最执着的年纪。

如果你在十七岁爱上一个人，请不要看他的脸，因为你得用一辈子的时间去遗忘他。

十七岁的你，不会明白什么叫门当户对；也不会觉得面包比爱情更重要。

十七岁的你，只会全心全意地去爱，管他是王子还是乞丐。

十七岁的你，会用最浪漫的心情，去编织一段最浪漫的爱情。

十七岁的你，爱上一个人时，会赴汤蹈火，因为你很难再这么单纯地爱上一个人。

这是她对沈维刚的爱情宣言吗？是她所期待的爱情吗？

想到沈维刚，殷希心中一阵痛楚。她不是不知道沈维刚对她的深情，他并不成熟，对爱情却是忠诚而执着。她突然担心起来，徘香在他的感情缺口中介入会受到伤害。

该不该提醒徘香呢？她想了想，还是算了，她已经失去立场了，不管说什么，都只会让徘香以为她不愿意成全他们。

她边想着，边看欧阳阳的动态。

欧阳阳的网页上贴满了国标舞比赛的照片。她对爱情的期盼既让殷希心疼，也佩服。欧阳阳明知锺屏和他的前女友分分合合，依然全心全意地等待着，享受和他在一起的分分秒秒。她觉得欧阳阳很傻，可是她活在当下的勇气却是她和徘香所不及的。他们在练舞中分享着彼此的心跳，其实也就够了。十七岁的爱情，充满着变量，只要没有被淘汰，就有希望。

她想在留言栏上写点什么，脑子里却乱糟糟的。她不停地问自己，怎么会这样呢？到底发生了什么事？

Chapter 31

殷希醒过来时，发现自己置身于一片黑暗中，她不知道自己到底睡了多久，也不知道几点了，只觉得肚子好饿，脑子轰隆隆的。她勉强爬起来，按下开关，发现床边的小桌上有盘点心，一杯水，还有一本本子。本子上有张字条。

到现在我还是无法清楚说明心慧当时的心情，这是她杀死蒋天霖前几个月的手记，你看了就会明白的。

殷希的心怦怦跳着，颤抖地拿起心慧的手稿，就着微弱的晨光读了起来。

六月十九日

天霖的身体越来越僵硬，已经无法坐立了。

爸爸从台湾来看我，看到天霖，他含着泪说："你怎么这么命苦？"

我也泪眼朦胧，和爸爸相拥而泣。

天霖有满怀的抱负，又值英年，却生了这种罕见的病，我不知道是老天爷忌妒他的才华，还是不满他得到人间的挚爱，所以以病痛来惩罚他。我为他不平，为他伤心，至于我自己，我没有什么好怨的，此生能够得到他的爱，我比天下任何女人都幸福。他虽然病了，却还陪着我，还守着他的承诺。

爸爸问我，你怎么熬得下去？

我拿出一张短笺，对他说："我每天读几遍，心就定了。"

我哪需要看，短笺里的文字早已深深嵌入我的脑内，我想都不用想就能倒背如流。

"昨夜在河边坐了一夜，思念你的心难以入眠。

我想把滚烫的心丢入河中浸泡冷却，江水却如滚烫的热油。一颗心着了火。我捧着这团火来了。

我愿在你的眼前燃烧，火化成蝶……"

在我大学即将毕业的那个春天，有一天晚上，我正因一门功课焦头烂额时，天霖突然出现在我的宿舍门口，把一张字条塞进我手中，然后就跑开了。我打开一看，整颗心都化了。我顾不得隔天要交作业，跑了出去，和他在泰晤士河畔坐了一个晚上。那天我们决定要终生相守，一辈子不离不弃。

毕业后，我们结婚了。

七月五日

天霖的身体虽然逐渐地失去了自主性，我依然能够感受到他的爱。我们俩常常互相凝望着，那种强烈的力量让天霖的心超越了僵硬的身体，让我忘记了无助的哀愁。在他的目光中，我感受到了人间最感人的爱情。

七月十三日

天霖又在想那件事，从他的眼神里我就知道了。尽管我们有过共识，我还是震惊不已。我慌乱无助，假装不懂他的意思。

我像平常一样念书给他听，他却把眼睛闭上了。少了那一扇窗，我受不了；少了那对深情的目光，我就像面对一块石头一样，简直活不下去了。

我不断地呼唤他，哀求他，他依然紧闭双眼，最后我崩溃了，对天霖大发脾气。

七月二十七日

我买了好多气球，多到几乎塞满了整间屋子。当年我们就是在这样的气氛中立下爱的誓言的。

那一天，正好是我的十九岁生日。我只身在英国念书，穿起厚重的冬衣，打起伞，外出采购。虽然是独自庆生，我还是要把十九岁的生日办得热热闹闹的。我才走到街口，就被不知从哪儿蹿出的一辆脚踏车撞倒了。我不觉得自己受了伤，还是被送进医院里。

真倒霉，我在心里诅咒着，可是当我看到他时，不由得笑了起来。

“帽子先生，你怎么会在这儿？”我笑盈盈地说着。

他认出我来了，脸上充满了惊喜。“我在这里实习。”

“啊，是实习医生啊！”我上下打量着他。我原本以为他跟我差不多年纪，可是当他穿上制服时，竟有着医生的成熟稳重，看来至少有二十五六岁了。我看到他的胸前挂着James Jiang的名牌，问道：“你到底姓什么啊？是江水的江，还是姜太公的姜，或是草将蒋呢？”

“是草将蒋，蒋天霖是我的中文名字。”他笑着说，然后开始替我检查。

我也告诉他我的名字，还告诉他我为什么来英国，为什么会出车祸及为自己办生日宴会的事，我一股脑儿全都说了。这是我到英国来以后说最多话的一天。

蒋天霖耐心地听着，等我说完，他才说：“只有小腿擦伤了，没有骨折现象，擦点药就可以回去了。”

我却哭了起来。

他担忧地问：“哪里不舒服吗？”

我一脸愁苦地说：“今天是我的生日，却没有人陪我，还被车撞了，你说是不是很惨呢？”

“你的家人或朋友呢？要不要我打电话让他们来接你？”

“我来英国才三个多月，还没有可以一起过生日的朋友。”一颗泪珠挂在睫毛上，让我显得更可怜。我问他：“你可以陪我过生日吗？”

蒋天霖犹豫着。

“这是我最后一个十字头的生日，就这么孤孤单单地过了，唉！”我长叹了一口气，一脸忧伤，起身往外走。

蒋天霖突然开口：“如果你可以等我三个小时，我就陪你过生日。”

我回过头，脸上的哀愁一扫而空，欢喜地说：“没问题，我可以在候诊室等你。”

蒋天霖也笑了。“好啊，我下班后去找你。”

我开心地走了出去。不过我并不是去候诊室，而是到医院外的商店买了许多食物，一大盒气球，纸张和笔。回到医院后，我又去附近的咖啡店，把纸张裁成小纸片，然后在每一张纸片上写下一句话，再把纸片塞进气球里。

蒋天霖下班后，看到我身旁堆着一大堆东西，吃惊地说：“我以为只有我们两个人！”

我笑盈盈地说着：“虽然只有两个人，生日宴会还是要办得热热闹闹的，你忘了，这是我最后一个十字头的生日啊！”

到了我住的地方后，蒋天霖帮着我吹气球，他吹得两个腮帮子鼓胀了起来，真是可爱极了。

不知道他一共吹了多少个气球，直到我们彼此都陷在气球阵里为止。

我开心地笑着，我也听到他的笑声穿过一个个气球飘了过来：“我看不到你了，你在哪儿啊？”

我淘气地拨开气球，高声叫着：“我在这里。”

他看见我头上戴着纸皇冠，满脸笑容地站在气球阵中，他整个人都傻了，过了好一会儿才说：“你真漂亮。”

“要是在台北，我会打扮得更美。”我虽然抱怨着，心里却喜滋滋的，羞怯地瞄了他一眼。

就在我们四目相望时，我们同时感觉到，一个小说里描绘的爱情故事就要诞生了，这一切是那么自然，那么顺理成章。

我们坐在气球飘飞的房间里，吃着买来的食物，喝着啤酒。吃完蛋糕后，蒋天霖腼腆地说：“对不起，我没有礼物可以送给你。”

我指了指气球，笑着说：“你有一个星期的期限，把我想要的礼物送给我。”我拿出一根针，“挑一个吧，礼物都写在气球里。”

蒋天霖一脸错愕。“哪有人这样要礼物的啊！”

我笑得好开心。“在台湾的时候，我和朋友都是这样做的。”

他也笑了。“长不大的孩子。”

蒋天霖把手一伸，“啵”的一声，一个紫色的气球破了，我手忙脚乱地在房间里搜寻，找到了纸条，打开来看。“送给寿星一盒比利时黑巧克力。”

“那是你最喜欢的东西？”蒋天霖问。

“不然我就不会放进去了，只是……”我皱起了眉头。

"怎么了？"

"只有一份礼物太少了，以前我过生日，少说也有二三十份呢！唉，我可怜的十九岁。"

说时迟，那时快，只见蒋天霖手一伸，"啵"、"啵"、"啵"的，又刺破了好几个。我开心地找着掉落的纸条，每找到一张就大叫着："带寿星去吃烛光晚餐"、"送给寿星一条手织围巾"、"在三个月内，每星期送给寿星一朵玫瑰花"、"请寿星去看电影"、"送给寿星一副心形耳环"……

蒋天霖顿时皱起眉头，我也收起笑容，自我解嘲地说："我不会那么贪心啦，你不用担心。"

"不是我小气，而是那么多礼物，我没办法在这一个星期内凑齐。"

"这样好了，我把送礼期限延长三个月，怎么样？"

"如果你肯延长一年，我就再刺破五个气球。"

我垂着头，羞怯地说："如果你是认真的，我愿意！"

蒋天霖含情脉脉地看着我："我是认真的！"

我狡黠地一笑。"行，不过得把所有的气球都戳破。"

蒋天霖也不服输，立即开出条件："那你得让我用一生的时间来准备礼物。"

我们俩相视而笑，就在那一笑中，我和蒋天霖的命运就此纠缠在一块儿。

八月十六日

天霖的双眼依然紧闭，再多的气球也无法让他睁开双眼，我不禁悲从中来。往事一再重现眼前，如果不是那段美丽的往事，我真不知道该如何度过这漫长的光阴。

高中毕业后，我被父亲送到英国念书。从我的房间可以看见一大片的绿草地。我常在下课后到草地上散步，也常常躺在那片空旷的绿色大地上，一边做着白日梦，一边偷瞄着在一旁做日光浴的女人。

有一天傍晚，我像往常一样躺在草地上，即将西沉的太阳在草地上撒下一层柔美的金粉，我满心陶醉地享受着夏天最后的光热。我闭上眼睛，随着风儿的韵律，轻轻摇摆着双手。我摇了一会儿，睁开眼睛，在视线所及的前方，看到一个黄皮肤的青年，他用草帽遮住脸，身旁放着一本书，书下压着几张零散的纸。我心想这个戴草帽的人，也许是日本人，也可能是香港人或韩国人，大概不会是中国人。

我突然起了恶作剧的念头，站了起来，朝他走过去，以迅雷不及掩耳的速度拿走他的帽子，那个人猛然坐了起来，臭着脸，正想开口时，我对着他笑一笑，用中文说了声“对不起”,把帽子丢给他,头一甩,得意地跑开了。

我一边跑一边笑。想着那张生气的脸，还听到他用中文说了句:“干什么啊？”浓浓的香港腔。我跑了一会儿，再回头时，那人已经起身走开。我并不失望，心想他大概也住在附近，以后一定会再碰到的。

然而就在那个晚上，秋风夹带着秋雨以迅雷不及掩耳之势占据了整片绿草地，接连下了两个星期的秋雨后，我再度回到绿草地时，树叶已经开始飘落了，草地上变得空荡萧然，只有满地的枯叶，和在空气中游荡的风儿。

我的心情也进入了萧瑟的秋天，我缩着身体，皱着眉头，开始想家了。我知道若回去，爸爸会很失望，可是留下来，我又觉得寂寞。我变得郁郁寡欢。命运之神却在这时候向我伸出了援手，让我和天霖重逢。

在爱情的滋润下，我开开心心地上学，享受着生命中许多美好的事物。接着我上了大学，天霖也成了正式医师，我们平时各忙各的，在一起时则共同编织着未来。那是一段多么美丽的岁月！我常自问，老天爷是不是后悔给我太多了，所以才会以这种形式来要回我的幸福？我不怪老天爷，只是生病的人为什么是天霖，而不是我呢？

八月二十一日

我在天霖的眼中再度看到了那个祈求，而且一天比一天强烈。我慌乱无措，不知道该怎么办才好，幸好这时候雅琦和祖越来了。

祖越是我的大学同学，他对我的感情，我一直是知道的。当我们还在学校里时，他就表达了喜欢我的心意。我告诉他，我对天霖的爱是外人无法替代的，他从此再未提起，只是默默在我身旁，看着我，帮助我。在学校里，不是没有女孩表示喜欢他，他都不为所动。我一直想凑合他和其他的女孩，他也不热衷。直到他见到雅琦后，总算定了下来。我和天霖都很高兴。

有雅琦帮忙，祖越的设计公司越做越好，我替他们感到高兴。他为了拓展业务，经常出差，不管他到哪个城市，我总会收到他的明信片。祖越在天霖病后，经常来看我们。他怜悯天霖，也心疼我的处境。他每次来的时间都不长，对我来说却像一股清新的空气，他总会逗我笑，暂时把我从忧虑的情绪中拉出来。如果没有他，在天霖生病的这段期间，我的日子恐怕会更难熬。

我把天霖的心意告诉祖越和雅琦，他们都很震惊，祖越随后很理性地说，或许完成天霖的心愿，对我也是一种解脱。连祖越都这么说，我整个人都崩溃了。

八月二十五日

把一个人的灵魂禁锢在一个僵硬的身体里是件残酷的事，可是我就是无法下决心。在人生的旅途上，没有了他，天地山河不再有颜色，风云也只是虚无的烟雾。生命中没有了他，一切又有何意义呢?

我哭着对他说："你是我生生世世的伴侣，不能和你一起翱翔，我就像没有翅膀的鸟儿；如果你要走，我又岂能独活？"

他流下了两行热泪，却没有改变心意。从他的眼中，我看到了他的心思，他的要求不单是为了自己，也是想让我从这个僵局中解脱。他天天以充满愧疚和哀求的眼神望着我，我受不了那样的眼神，他只要多看我一眼，我的心就多妥协一分。

我问他："说好一生一世不分离的，你怎么可以违背诺言呢？"他也以同样的眼神质问我："我们曾说好了，当我们的生命失去尊严时，必须放手让对方自由，你为什么要拉住我呢？"

我无言以对，心里的哀伤一天比一天深，我发现自己的心正随着天霖逐渐死去。既然如此，何不帮天霖完成心愿？我泪眼蒙眬地对他说："好，我成全你。"他睁开眼睛，以不信任的眼神看着我，要求我把祖越找来。

我有点生气，但不怪他。我就像个放羊的孩子，狼来了喊多了，就失去别人的信任了。在祖越和雅琦的见证下，我再度保证要成全他的心愿，他还是不相信我，要求祖越替他处理去瑞士接受安乐死的事宜。

安乐死！殷希整个人僵住了，气也不敢喘地继续看下去。

九月十九日

决定后，我处于一种莫名的恐慌中，天霖的心情却平静了，只要他醒着，他就会以充满爱慕的目光看着我，在那深情的凝视中，我们几乎忘了眼前的困境，而我也露出许久不见的笑容。

只是当他闭上眼，我的心情就会跌落谷底。他要是走了，我该怎么办？既然这么痛苦，不如跟他一起去吧！我们不是说好了要不离不弃吗？既然要生死与共，我为什么不随他一起去呢？当这个念头出现时，我不由得吓了一大跳。

他离去的日子一天天逼近，我变得焦躁不安，心烦意乱。有时我整夜未眠，独自坐在窗前流泪到天明。

九月二十三日

祖越带来一个消息，瑞士那边要求看病人的同意书，天霖在病发之时曾写了一份，却被我撕烂了。那是他第一次提出安乐死，我在恐惧之余做了疯狂的事，没有了同意书，他们不肯替天霖执行安乐死，天霖知道后非常生气。

我第一次看到他那双充满恨意的眼睛，那眼中就像要喷出火来似的，我吓呆了。我想跟他解释，他却关闭了他的心门。接连几天他都没睁开眼睛，他以沉默来惩罚我，我受不了，不断地呼唤他、哀求他，他的心意却是那么坚定，我受不了他恨我，也无法忍受面对一具没有眼神的身体，我再度妥协了。

我跟他说："虽然去不了瑞士，我一样可以成全你。"他还是没有反应。我泪流满面，跟他说："身为医生的妻子，我知道怎么样可以结束你的生命。这不是什么困难的事，我只想求你，睁开眼睛，再看我一眼吧！"

透过朦胧的泪眼，我看到他睁开眼，眼神中充满了哀痛。我知道他在担心什么。我带着笑容安慰他："我会对法官说明一切，他们还是会判我的刑，但我相信不会太多年的。一旦你不在了，我是不可能再住在这个房子里。别说是这里，就算英国或中国，还有那些我们一起去过的国家，我哪儿也没办法再去，任何一点儿回忆，一句安慰的话，都会让我疯掉，或许在牢里，我还能平静一点儿。”

他泪流满面，以感激的目光看着我。我轻轻拭去他的泪水，以坚定的口吻说：“你放心，我会成全你，但也请你给我一点儿回报。我的要求不多，只要一个月，让我们平平静静、开开心心地一起度过生命中的最后一个月，好不好？”

他同意了。

十月五日

天霖的命运掌握在我手中，我们的日子进入了倒数计时状态，我的心情是喜悦的。我每天唱歌给他听，为他念书，诉说着从我们认识以来的点点滴滴，天霖也充满了喜悦。

我的决心几度动摇起来，却又被我否决了，我既然答应了天霖，就不该反悔。我告诉自己，不要三心二意，应该用全部的心力来经营我们最后的日子，让每一天，每一个小时，每一分，每一秒都充满欢乐。

那是一段既喜又苦的日子，幸好有祖越为我打气。那一阵子我真的很需要他，他也毫不吝啬地把时间给了我。我知道我延迟了他和雅琦的婚礼，为此雅琦很不高兴。

我对雅琦有种难以言说的愧疚。从小爸妈老是拿我跟她比，那不是我的错，却让她深感伤害，我们姐妹间的感情也因此受到影响。这次为了我和天霖的事延迟了她的婚礼，她心中的愤怒可想而知。不只是雅琦，我想换成任何一个女孩子都会生气。祖越却不以为然，反而说她不该生气，应该体谅我的处境。祖越的话温暖了我的心，却也让我担心，他和雅琦间的感情会因此受到影响。如果真是这样，那么雅琦对我就会更加不满了。

十月十二日

雅琦一大早跑来，对着我大骂，骂我毁了她的幸福。当她说出祖越要跟她解除婚约时，我并没有太吃惊，我其实早就看出祖越并不是真正爱雅琦，他只是想在她身上找寻我的影子罢了。

我跟雅琦长得很像，可是我们姐妹的个性截然不同，雅琦很压抑，话不多，又很敏感。我的存在对她来说始终是个威胁，小时候爸妈老是拿我来批评她，长大后我又处处抢走她的风头。雅琦也很想到英国接受教育，可是爸妈却将所有的金钱投资在我身上，她一直到专科毕业后，做了两年事才到英国来，光是这一点她就恨死我了。

她不想活在我的阴影下，到了英国后就跑到苏格兰去，离我远远的。她在那里做了些什么，怎么生活，我一无所知，要不是因为祖越，我们俩大概也不会再有交集。

雅琦认识祖越，是在我二十五岁的生日会上，那年爸爸正好来英国，雅琦之所以愿意来，据我所知是为了钱。当时她已经在英国待了三年，一直还未拿到学位，还靠着家里的补助。她一见到祖越便表示对他有好感，我也从中撮合，两人的感情逐渐发展起来。为了祖越，雅琦放弃原来的科系，改念珠宝设计。毕业后，她跟祖越订了婚，一起经营设计公司，做得还不错。如果不是天霖病了，或许他们早就结婚了。

雅琦愤恨不平地说，祖越要跟她解除婚约，打算在天霖走后重新追求我。她说我是她的克星，注定一生得活在我的阴影中。她恨我。我在她发泄完后，说出了我的计划。她先是一惊，随即平静下来，什么话也没说便走了。

十月二十三日

离开的时刻终于到了。

我又吹了一屋子的气球，替天霖穿上他最喜欢的那套衣服，也为自己换上一件美丽的衣裳。他含情脉脉的眼神就像我们再度重逢的那一天。在他的眼中我看到了十九岁的自己，也重温了他的爱情。我以同样的眼神望着他，亲吻他。我以最温柔的声音跟他说："好好看清楚我的脸，下辈子你才能认得我。"他的眼中泛着泪光，坚定而诚挚。我也回以最温柔、最甜美的笑容，对他说："谢谢你给了我这么深的爱！"他眼中的爱更深更浓了。

我开了一瓶酒，举起酒杯，说："你不能喝，我也不该喝的，但我需要一点儿勇气。我敬你。”我喝了一杯。他依然深情地看着我，我原本决定不哭的，想留给他最美丽的笑容，可是泪水却不听使唤地流下来。

他也哭了。我抹去他的泪水，拿起针戳破了五个气球，气球里的纸条落了下来。我捡起来，依偎在他身旁，柔声说着：“这五样礼物是你下辈子要送我的，你要听清楚。”我打开纸条，逐一念出来：“送给最心爱的人一束鲜花，送给最心爱的人一个戒指，送给最心爱的人一个深情的吻，送给最心爱的人一个美丽的婚礼，送给最心爱的人一个生生世世的诺言。”

我把纸条放进他的口袋，哽咽地说：“我要你带着它们，免得你忘了。如果你忘了，我会一直等着，等到头发都白了，然后哀怨而死。”

他热泪盈眶，仿佛在告诉我，他生生世世也忘不了。

我也哭了，又喝了一杯酒，让自己镇定下来。

然后，我吻了他，和他道别，喂他喝下毒液。

我永远记得那天是星期四，天气非常晴朗，夜空中布满了美丽的星星。我和他的生命就此凝结在那天晚上的八点五十二分。

Chapter 32

“天霖要求安乐死被拒绝后，我原以为他会很消沉，没想到他出乎意料的平静。我问心慧是怎么安抚他的，她说那是他们间的秘密。心慧那时候的表情很奇特，很悲伤，却又带着喜悦，还有一点儿彷徨和茫然，她不说我也没再追问，可是心里却老觉得不安。事情发生那一天，心慧在电话里突然跟我说些道谢的话，我觉得很奇怪，问她怎么了？她没说什么，反而要求我有空去台湾看看她爸爸，我当时以为她是因为要照顾天霖走不开，就一口答应了。

“到了那天晚上，你外公突然来电话，问我心慧要去哪儿？我感到一头雾水，细问下才知道，原来心慧曾打电话回去，跟他说发现了可以解除天霖病痛的方法，因此要离开英国，会有很长一段时间不会打电话给他。他放下电话后，才想到忘了问心慧要去哪儿，日后要怎么联络，随即打电话给她，电话却打不通了，他怕心慧已经走了，便打来问我。我一听便知道事情不对，立刻打给心慧，一样没人接。我马上赶去心慧住的地方，敲了半天门都没人应，我感觉到事情不妙，于是报了警。当门打开时，蒋天霖已经死了，心慧躺在他身旁，失去了知觉。”说起往事，李祖越一脸哀伤。

殷希看着他，期待他继续说下去。

“她吞下了大量的安眠药。我急忙将她送去医院，幸好没事，却意外发现她怀孕了，这个发现让心慧的心情复杂起来，也让她处于不利的处境，舆论质疑她在丈夫瘫痪时受孕，整个案情被倒向为情杀夫，她也没为自己辩解，被判了二十年。”

“我的爸爸是谁？”

“是蒋天霖，这一点你绝对要相信。心慧和天霖结婚后一直没怀孕，她做了几次人工受孕，却一直没有结果。天霖发病时，他们要求医院把他的精子冷冻起来，之后心慧又开始进行受孕，她原想借由孩子来挽回天霖的生存意志，没想到一直都没结果，却在最后一次成功了。她感叹地对我说，老天爷对她太残酷了，不该跟她开这个玩笑。”

“那我怎么会被雅琦带走呢？”

“当我们知道心慧怀孕后，你外公提议把你带去台湾，心慧不愿意拖累他，我也觉得不妥。心慧想把你寄养到一般的家庭，她说她不可能尽到母亲的责任，想让别人来照顾你。我想领养你，她也不愿意。她说别人领养你,你可以在一个没有阴影的环境下长大，如果我领养你，你还是会活在母亲杀死父亲的阴影中。况且我是个单身男人，社会局也不会同意。就在我手足无措时，雅琦突然回来了，她跟社会局的人说，她想抚养你。心慧不同意。这件事尚未达成协议前，社会局同意由她暂时来照顾你。

你出生后，我和雅琦把你带回家，没想到有一次我到美国办展时，雅琦竟然偷偷地把你带走，还把我银行里的存款全都提走了。”

“为什么？”

“她以为你是我和心慧的孩子，把你当成了报复的工具。”李祖越从一个信封里抽出一张字条。“这是她当时留给我的。”

殷希一眼就认出字条上的雅琦的字迹：

我把希希带走了。

去年你明知道我流产了，却对我不闻不问，一颗心都放在心慧身上。现在我也要让你和心慧尝尝失去骨肉的痛苦。

你放心，我会好好照顾她，等她十八岁时，我会把你跟心慧如何谋杀蒋天霖的事，加油添醋地告诉她。我还会让她知道，她的父母是一对多么可恨的人。

殷希几乎不敢相信自己的眼睛，原来殷雅琦坚持到自己十八岁才肯说出真相，是为了报复。

“这些年来，我一直在找你们，中国的香港、台湾，以及英国全都找遍了，就是没有她的影子。直到一年前，我无意间在牛津遇到她，她一看到我，仓皇失措地钻进车子里，发了疯似的逃走了。这一年来我在牛津四处打听，就是没有她的消息。”

殷希再度呆住了，原来殷雅琦是为了躲避李祖越才发生车祸的。

“她对你好吗？”李祖越问。

“她很冷漠，只要她的眼中没有出现那种矛盾的眼神，我可以说她是爱我的。她为我订下了十八岁倒数计时计划，我一直以为那是为了打发我，不要我问太多，可是她却又会不停地提醒我，好像很怕我不关心这件事。我常觉得她有很多话要说，却又压抑着，她过得很低调，也不喜欢我外出，好像怕我会突然不见了似的。她把我盯得很紧，我受不了，在青春期那段时间，我们之间有很多冲突。我看得出她很痛苦，我相信那跟我想知道的那个秘密有关，我求她告诉我，可她每次总是话到嘴边又吞了下去。她那种矛盾、挣扎、痛苦的表情，我只要一闭上眼睛就会立刻浮现。”

李祖越叹了口气。“她怀着恨带走你，没想到你竟然软化了她，她的挣扎正是对她的一种惩罚。”

“你说得好轻松！难道你就没有责任吗？”

“我当然有，这些年来我一直在找你们，一方面希望你和心慧早日相见。一方面怕时间拖久了，你受到她的洗脑，对我和心慧产生误解，你知道我有多着急呀！现在可好了，你主动出现在我面前，又让我有机会跟你说明，感谢老天爷的安排，不然我拿什么脸去见心慧呢？”

“开口闭口都是心慧，你不觉得你欠雅琦一个交代吗？”

“我不觉得对不起她，我跟心慧坦荡荡的，她不相信我，我能怎么办？”

“是吗？”殷希瞅了她一眼，“你真的不是我的爸爸？”

“我多么希望我是啊，但我不是。”他坚定地答道，“我是很爱心慧，从我认识她的第一天起我就爱上她了，但当我知道她的心里只有蒋天霖，而蒋天霖也同样爱她时，我就把那份爱埋在心底了。我和心慧只是好朋友关系，她有她的人生，我过我的生活，如果不是蒋天霖要求安乐死，我们之间不会有那么密切的往来。我跟雅琦说得很明白，她却不相信，结果不但她自己不快乐，还把你的命运也牵扯进去。是她太偏执了。”他又是一声长叹，“不提她了，你打算什么时候去看心慧呢？”

“我为什么要去看她？她既然生了我，却又不管我的死活，你不觉得她很自私吗？蒋天霖也一样，只顾着让自己从痛苦中解脱，完全不在乎身边的人的感受，他们都太自私了。”

“心慧在牢里，她根本不可能照顾你呀！”

“那她为什么不替自己辩解呢？如果她让法官知道她杀死蒋天霖的苦心，她应该不会被判那么多年的，她就有多一点儿时间给她的女儿了，不是吗？说什么替女儿找个好的家庭，她根本是不想负责任。她的心里只有蒋天霖，蒋天霖死了，她也不想活了。她对丈夫一片痴情，对女儿却残酷至极。我这样说没错吧！既然她对女儿不闻不问，我又干吗去看她呢？”成长过程中的委屈让殷希愤怒起来。

“不要这样说他们。心慧为了成全丈夫，需要多大的勇气呀！那不是一般人做得到的，我觉得你应该佩服她，而不是责怪她。”

“你的意思是说我该颁个奖给她啰！为了那个自私的男人，毁了自己的一生，不顾女儿的死活。她知道她的爸爸为她流了多少泪？她又知道她的女儿在成长过程中受了多少苦？这样的女人有什么值得尊敬的呢？”殷希越讲越激动，“还有那个蒋天霖，我可以理解他的痛苦，但无法原谅他的自私。我原本也很浪漫地以为一个人有权决定自己的生死，但我的妈妈走了以后，我才真正地体会到，生死并不是一个人的事，死了的人一了百了，活着的人呢？如果你真的爱你身旁的人，就应该勇敢地活着，哪怕必须忍受很大的痛苦。”

“但一个人如果活得毫无生命尊严，甚至连累了身旁的人，你不觉得安乐死是一个很好的选择？”

“我以前也是这么认为。现在我不这么想了，活着总有一线希望，活着也是一种力量，不是吗？”

李祖越叹了口气。“正是因为这样，所以安乐死才一直未通过立法。”

Chapter 33

知道自己的身世后，殷希的心情起伏得更厉害了。

十八岁倒数计时，这个一直伴随着她成长的心愿总算完成了，可是她一点儿也不开心。她的心情好烦闷，她需要找人说说话。她打电话给徘香，电话处于关机状态。她登录十八岁倒数计时网站，一如前次所见，徘香尚未更新。

她心想，一定是爱情的甜蜜让徘香忘了温格利的痛苦，快乐的心情影响了她揣摩痛苦的思绪。她希望徘香快乐，却又很喜欢她那哀愁的笔调，也许她应该在写完小说后再进入到爱情中。但爱情哪是说要就要，不要就不要的呢？

为了让自己的情绪缓和下来，她重复看着温格利徘徊在白香和CC之间的片段。

一种鬼使神差的力量把白香引到山丘上，她茫然地在云气弥漫的山林里走着，心里有种预感，可以在太阳沉落的地方找到温格利。

她细心地感应着温格利的气息，殷殷呼唤着：“黄昏了，我正在聆听，但我听不到你的气息。温格利，你在哪儿？”她用心听着，林子里除了浓稠的雾气，没有一点儿声响。

“温格利，我来了。请你把手伸向我，我需要你的引导，请你帮助我走向你。温格利，告诉我，你在哪儿？”

在浓雾弥漫的暮色中，在晚风徐徐的低吟中，她终于听到了他的叹息。

虽然那只是一声微弱如清风拂过草尖的声响，却足以让她欣喜若狂。她顺着声音的来向，飞快地奔向他。

他斜靠在一块岩石上，仰着头，望向茫茫穹苍。他的脸苍白而安详，眼中带着哀伤。他看见一个少女朝他飞奔而来，她那轻盈优美的体态就像他记忆中的CC。想念CC的心，让他一度以为朝他奔来的少女就是他念念不忘的情人，可惜她不是。

白香喘着气，脸上带着笑容：“我终于找到你了。”

他微微低下头，看着眼前这个年轻的女孩。

她轻轻跪在他身边，握着他冰凉的手，无限温柔地说着：“温格利，我必须跟你谈一谈。”她的脸颊浮上朵红霞，“我要告诉你，我爱上你了。”

“怎么可以呢？我的孩子。”他微微转头，垂下眼皮，温柔地看着她。“我是个游魂啊！”

“我不在乎，我愿意用我的生命来爱你，跟着你在阴阳两界游荡。”

“即使你愿意在阴阳两界游荡，还是不可以爱我，因为我无法回报你的爱。你知道的，我还爱着CC，她还在等我呀！”他苍白的脸因痛苦而扭曲着。

“你既然回不了阳世，为什么不忘了她，让自己自由呢？”

“我不能。她还在等着我，我不能背弃她。”

“如果你不能接受我的爱，我就不替你将日记交给她。”

“你怎么可以如此残酷？”

“为了得到爱情，我必须如此。”

“如果你懂得爱，就请你把日记交给她吧！我必须让她知道我直到临终前依然深深爱着她。我要她读我的日记，我不能让她遗憾而终。我的孩子，请你可怜我，同情我们的爱情，帮我完成最后的心愿吧！”

“我当然愿意，只是你必须爱我，就像爱CC那样。只要你答应了，我不但会把日记亲自交到她手中，还会告诉她，你到现在都还爱着她！”白香温柔的语调中带着刚强的意志，“答应我的条件吧！”

“除了这个，我什么都可以答应，告诉我你要什么？”

“我什么都不要，只要你给我对等的爱，就像你爱CC那样。”

“我的爱已经都给了CC，我已经没有爱了。”温格利为难地说着。

“你有的，我可以感觉得到。只要你把CC忘了，你就可以再爱了。”

“我做不到啊！”

“你可以的。”

“不，我不行。”

“那你愿意看CC带着痛苦而死吗？”

温格利仰起头颅，痛苦的呻吟声随着浓雾在林子里飘荡。

“她要怎么结尾呢？她会让CC带着痛苦而终吗？还是让温格利妥协呢？”李祖越不知什么时候站在殷希身后，他对徘香的才华极为赞赏。

“徘香说过，无私的爱违反人性，我觉得她会让CC带着遗憾而去。”

“如果我是她，我也会这样安排。在相隔了半个世纪后，CC忽然得到情人生前留下的日记，这样的安排有点太童话了。”

“是太圆满了。”殷希突然话锋一转。“你是不是也怀着希望，等心慧出狱后，能接受你的感情呢？”

“如果你看到她，你就不会这么说。她虽然还活着，但她的心早就随天霖而去了。”

“那你干吗还痴痴地等着呢？”她嘲讽地说，“你该不会真是我的爸爸吧！”

“你还是不肯相信！好吧，我们去做亲子鉴定。我不在乎多此一举，只希望你不要胡思乱想。”

殷希闷声不语。

他望了她一眼，又说："如果你曾经深深爱过一个人，就会了解的。"

她的心猛然一动，突然想起曹立昆。

在爱情上，徘香比她执着多了，就连欧阳阳也比她认真。她突然觉得自己好差劲，辜负了沈维刚，又在挑起了曹立昆的热情后一把将他推开，还伤害了乔宁。她凭什么批判她的母亲呢？

"去看看她好吗？"李祖越说。

"有这个必要吗？如果她在意我这个女儿，当初为什么不替自己辩解呢？"

"她不想辩解是因为她失去了活下去的力量。她曾告诉我，就算法官相信她杀死天霖的动机，也会被判上十年八年，出狱后，她还是得面对你，也会造成你的困扰，与其如此，不如待在牢里，平平静静地度过剩余的日子。反正她的心已经随天霖而去了。"

"你看她多自私！一心一意只想着蒋天霖，既然如此，当初就不该去做人工受孕啊！"

"那是在她跟蒋天霖协议之前，她也没想到会成功。希希，不要怪她。当年她要是知道有了你，就不会做那件事了。命运对她太严苛了，你应该同情她。"

"又有谁同情我呢？我在不被期许的情况下来到这个世界，一生下来就注定得不到父母的爱，命运对我不也很严苛吗？"她愤然地说，"就算我的出现不在她的计划内，可是既然有了我，她就该为我而奋斗，不该消极地承认谋杀丈夫的罪名，不是吗？她的心中到底有没有我呢？"

李祖越无言以对，发出一声无奈的长叹。

事情明了以后，殷希回到了以前自己和雅琦住的地方。

庭院里的草木比往常更茂密、幽暗，整个房子依然笼罩在一种阴森的气氛中。她站在前院的大树下，目光随着枝叶的摆动在院子里穿梭，然后像往常一样停在母亲的窗前。树影落在窗台上，两扇小窗显得更阴暗、隐晦。她看着看着，往事逐渐模糊了她的双眼，小窗在泪光中扩大起来，母亲的身影浮现在泪光中。

“你究竟想怎样？你不是想报复吗？你不是想把我调教成你的复仇工具吗？你为什么没有做到呢？是你放下仇恨了吗？不，你没有，不然你就不会一再提醒我倒数计时的数字。那么你是怕我恨你吗？这也不对，当你抱走我时就该知道日后我会恨你的，那到底是为了什么呢？我知道了，一定是你没料到你会对我产生感情。你虽然很压抑，我却感觉得到你对我的爱。因为爱，所以你在乎我的感觉，你受不了我恨你，对不对？”

殷希在老屋来回走着，自言自语地反复问着。她得不到母亲的回答，只听到风儿从耳畔吹过。

那一阵子，她经常回到和雅琦一起居住过的老屋，反反复复地回想着过去十七年来的种种事情。往事纠缠着她，却也让她逐渐释怀。

有一次，她看到老屋外立着出售的牌子，叹了一口气，心想这该是她最后一次回来了，也该是化解和母亲间心结的时候了。

“人的感情是世界上最难捉摸的东西，我现在也能体会到了。”她望着那两扇小窗，喃喃说道，“你放心，我不会再恨你了。你虽然不是生我的人，却依然是我最亲近的人，你依然是我的妈妈，在我的生命中依然占有最重要的位置。你安息吧！”

她走进庭院，像在告别，也像在缅怀。那里除了一股浓郁清香的草味，满眼的翠绿，以及回荡在树梢上的婆娑声响外，什么也没有。她再度望向母亲房间的窗台，多么希望再看一眼母亲哀愁的目光，可是那里空荡荡的。她在心里说着 :“再见了，母亲！再见了，我青涩的年代！”

老树在风中摇晃着,她带着不舍的心情缓缓走出院子。再回头，晚霞染红了房子顶部的天空，在那美丽的霞光中，她仿佛又看到了母亲的容颜。

Chapter 34

“徘香从楼上摔下来，昏迷不醒……”欧阳阳在 MSN 上告诉了殷希这个可怕的消息。

“发生了什么事？”她急坏了。

“前几天她突然把自己关起来，不吃不喝……”

“怎么会这样？”

“跟沈维刚有关吧！”

“她的伤重不重？”

“还昏迷不醒，你能不能回来一趟呢？”

“我想，可是……”殷希犹豫了。

“不必担心乔阿姨，是她要我请你回来的。”

“好，我回去。”

殷希下飞机后，直接赶到医院去。

徘香双眼紧闭，白皙细嫩的脸上不带哀愁，看起来好像睡着了一样。殷希心想着，等她睡够了，那双如水潭般的双眼会再睁开，那两片如冰镇过的唇瓣也会再度张开，那明亮的脸上依然会闪烁着十七岁如玫瑰般的迷人光彩。

“徘香，我是希希，我回来看你了。”殷希握着她的手，以最温柔的语调呼唤着她，对她诉说离别后的点点滴滴。说到开心处，她淡然而笑；说到伤心处，她潸然泪下。但不管笑或哭，徘香都默然不语。

乔宁变得好憔悴，曹立昆就在她旁边，殷希始终不敢看他。

“希希，谢谢你回来看她，我很怕她会变成植物人。”乔宁抽泣着。

“乔阿姨，别难过，徘香不会有事的。”殷希不知道该怎么安慰她，望了曹立昆一眼，“曹叔叔，请你送乔阿姨回去休息，让我来照顾徘香吧！”说完，目光随即飘开。

他嗯了一声，把千言万语化成一句："你也不要太累了。"

她点了点头，依然不敢看他。

他们走后没多久，徘香的爸爸来了。

他和徘香一样拥有一对敏锐的眼睛，瘦长的身子，扎着马尾，举手投足间散发出一种艺术家的气息。他一看到殷希，轻声说了句："难怪徘香那么喜欢你。"

殷希淡然一笑，悄悄退出病房，把徘香留给她父亲。

她傻傻地坐在病房外，心情相当低落。如果徘香无法醒来，她一定会痛苦一生的。

"希希，你真的回来了！"欧阳阳突然出现在眼前，她急忙抹去泪水。

"她会不会永远都不醒呢？"欧阳阳也泛着泪光。

"她会醒的，她一定会的。"殷希坚定地说着。

"她最好快醒来。是她自己说的，如果我进入决赛，她就要来看我们比赛。到时候她要是失约了，我这辈子都不会再理她了。"

"她一定会的，我们一定要有信心。"

"嗯。"欧阳阳点着头。

"你的比赛呢？有把握吗？"

"不知道，反正尽力去做就是了！你一定想不到吧！我妈居然要我专心比赛，不再逼我考大学了。我爸也说我可以往舞蹈界发展，你很难想象他们会说出这样的话吧！"

"他们不再逼你考大学了？"

"我也吓一跳。我妈现在比谁都关心比赛，还会对我的服装、化妆提出意见呢！"

“他呢？跟你表白了吗？”

欧阳阳的脸上笼罩着一股哀伤。“他的前女友回来找他了。”

“他们……复合了？”殷希的眉头扭在一块儿。

“我不知道，我没问，也不想问。我已经看开了。”欧阳阳豪爽地说着，“其实他有没有女朋友真的无所谓。现在我们每天都在一起，一起练舞，互相打气，我觉得好充实，好快乐。经过这几个月的相处，我们培养了很好的默契，感觉很棒。现在我的目标是夺得冠军，其他的等以后再说吧！”

“可是失去对爱的期待，不是很苦吗？”

“你和徘香不是一直告诉我，要掌握自己的人生吗？现在正是大好机会。大家都说我有跳舞的天分，我也真的喜欢跳舞，为什么要因为另一个人的出现而放弃呢？你知道吗，我第一次有种把命运掌握在自己手中的感觉。这让我看到了希望，看到了努力的成果。这种感觉好棒喔！”

“徘香要是能像你这么豁达就好了。”

“我能这样，不正是你们的功劳吗？”

“不，我跟徘香都不如你……”

徘香的爸爸走了出来，他极力掩饰着心中的哀伤，诚挚地对殷希说：“徘香就拜托你了。”殷希点点头，随即进入病房。

她对徘香说：“徘香，我的十八岁倒数计时完成了，你呢？你不可以就此停止啊！你说过，你要把十七岁的生命发挥到极致，现在怎能半途而废呢？我想知道，白香是否得到了她的爱情？我更想知道，CC是否带着遗憾而终？还有温格利，他依旧在阴阳海徘徊吗？徘香，你的小说还没写完呢！快醒来吧！”

欧阳阳接着说："对呀，徘香，我们都等着看结局呢！别再折磨我们了，快醒来吧！"

徘香依然没有反应。

"怎么办？"欧阳阳愁苦地问。

"徘香不爱听鼓励和安慰的话，唯一能打动她的，大概是她的小说了，明天我回民宿把她的手稿拿来，我要从她所写的第一个字读到最后一个字。我相信她会有感觉的。"

隔天她在整理徘香的小说时，在一沓零乱的纸堆看到了一段话：

不再期待爱情了，却还是忍不住爱他。

思念就像披着夜衣的心魔，扰得我心神不宁，难以安眠。当阳光升起时，我的白天依然在黑夜里，而我也被困在漆黑的深渊。他带着我的心离开了我。此刻的我，只是一具没有灵魂的躯壳。心空了，身体也枯萎了，唯有的一抹微息，我要用来想他。想他，想他，无止境地想他、疯狂地想着他，直到我无法喘息，不再呼吸为止。

时间是一把神奇的小刀，可以切断很多东西，割舍许多感觉，可是这把神奇的小刀，却把我对他的思念一刀一刀地刻在心头。我的心在滴血，心痛得难以言喻。他永远也不会知道，我对他的爱有多么深，我想他的时候心有多么痛。他不会知道的，因为他也陷入了相同的痛苦，不同的是，他想的是另一个人。

殷希的心也像被刺了一刀似的，痛得她几乎要流下泪来。

她的目光突然触及那面破碎的镜子，那就像徘香破碎的心。她不由自主地伸出手，想抚平那裂痕，当她的手触摸到那冰凉的镜子时，她再也忍不住，大声哭了起来。

Chapter 36

殷希坐在徘香的病床前，读着徘香的手稿。

她读着读着，停了下来，对着床上的病人说："徘香，听到别人朗读自己的小说，你心里有什么感觉？你觉得满意，还是忍不住想修改呢？"

徘香依然没有响应，殷希接着说："你现在不想说，没关系，可是等我读完了，你一定要告诉我，我们就这么说定啰！"

面对着深爱的人却无法沟通，多么让人心痛和沮丧啊！她不由得想起殷心慧在照顾蒋天霖时的情景。她的心情想必跟她现在一样，满心焦虑和不安吧！

是蒋天霖深情的爱让她产生力量，还是她的深情让她超越了哀伤呢？到底是什么样的力量，让她愿意用自己的自由来换取他的解脱呢？如果徘香一直昏迷不醒，乔宁会同意让她安乐死吗？当"安乐死"这个概念浮现在脑海里时，她不由得一愣，心情也不平静了。此刻的徘香是这么平和，这么安详。她醒来后，心海必然再起波涛，痛苦又会袭向她。如果这是她的选择，为什么不干脆让她就此沉睡呢？

当年的殷心慧是不是也这样想呢？在蒋天霖无声的哀求下，她心里的挣扎必然更剧烈，如果自己身处当时的处境，会不会也做出相同的决定？

殷希的目光再度飘向徘香，她不愿意醒来是因为对爱失去了希望，还是因为害怕失去了爱的能力？殷心慧在决定成全丈夫时，必然也体会到失去爱后的孤寂，甚至已经失去面对的勇气，所以抱着同归于尽的想法。当她知道肚子里还有一个小生命时，心里的反应该是何等剧烈啊！她放弃了为自己辩护，是因为丧失了爱的能力，一个没有爱的人如何当母亲呢？所以她放弃了母亲的职责。

她又想到了殷雅琦。她不是一个狠心的人，为了报复而去抚养未婚夫的孩子，那是多么痛苦的一件事！她终于明白了，殷雅琦的目光中何以经常交织着痛苦和内疚。殷雅琦并不是不爱她，而是无法坦然地爱她，如果她留在殷心慧身旁，必然也会看到相同的目光，她们的心都因爱而耗损，早已经失去爱的能力了。徘香一定也是这样。

如果说她是心慧和雅琦心碎下的受害者，但同样，她不就是导致徘香心碎的加害者？她含着泪对徘香说："如果你想用这个方法来惩罚我，你已经达到目的了。你要是不醒来，我会内疚一辈子的。"

她对着徘香发起呆来，过了许久，才又读起徘香所写的最后一段手稿：

CC，我又陷入了绝境，我该不该答应那个女孩的要求呢？

我不想让你带着遗憾而终，可是我也无法欺骗她，我该怎么办？我多么想再看一眼你那含笑的眼神，你的微笑就像温柔的春风，曾经抚慰着我孤寂的心。CC，我愿意付出一切，让你展露笑颜，但是她所要求的是我无法给予的，你知道我的爱都给了你。我该怎么办？

骤雨带来了海的清凉，狂风吹起了海的呐喊。

白香和温格利一同望着大海，在风中，在雨中。

当他们四目交会时，白香温柔地说："你的双眸明亮清澈，如同星星般闪烁，我要把你那晶亮、柔情的眸子深印在我的心中，我的脑中。"

温格利发出痛苦的叹息。

"温格利，我想要拥抱你，亲吻你，只要能天天看着你那明亮的眸子、你的微笑，我愿意在你的怀中死去。"她的声音再度飘起，轻柔如风。

温格利无奈地看着她。"我的孩子，你的这些话我也曾对CC说过。"

白香微微一笑。"你还对她说过什么呢？"

"我说，CC，只要看着你，我的心就会洋溢着幸福。我要挽着你的手，一起走向大海，一起在海风中拥抱、在浪涛中亲吻。为了你，我要坚强地活着；为了我，你要勇敢地面对未来。"

“还有呢？”

“我还说，CC，我的爱，只要一想到你远在天际，痛苦地思念着我，我的心便如被鞭打般疼痛。我的爱，当我再次拥抱你时，绝不会再放开我的手。”

“你对她说的这些话，让我更加明白了，你就是我要追寻的人。温格利，让我取代CC吧！让我挽着你的手，一起走向大海，在海风中拥抱、在浪涛中亲吻，好吗？”

“我的孩子，你还不明白吗？爱是无法取代的，爱也无法转移。我全部的心早已经给了CC，怎么可能再给你呢？”

“好吧，我不求对等的爱，只要一点点，你只要从给CC的爱中拨一点给我，我就会很满足，我就会去完成你最后的心愿。答应我吧，只要一点点，我不再贪心。”

“像你这样感情丰富的女孩，应该得到完整的爱，不要把感情浪费在我身上，就让我们当朋友吧！”

“不好，”白香愤怒起来，“你真小气，竟连一点点的爱也不肯施舍给我，你太无情了。”

“孩子，你为什么这么顽固呢？”

“因为我在很久很久以前就已经无可救药地爱上你了。我对你的爱，就像你对CC一样，没有你的爱，我就会失去活下去的勇气。”

“你还这么年轻，怎么懂得我心里的爱呢？”

“你爱上CC的时候，不也跟我一样年轻吗？温格利，不要拒绝我，我要的不多，一点点，只要一点点的爱，我就会露出笑容，我就会心满意足。”

“我很想给你，但爱是无法切割的。”

“一点点都不行吗？”

“不行。”

“你太绝情了，我恨你。”

海风吹动着她的长发，她的脸在泪水中扭成一团。她走向阴阳海，发出一声惊天动地的哭号，纵身一跃，跳入了阴阳海中。

殷希的目光死盯着“跳入了阴阳海中”那几个字上，心狂乱地剧跳着。

得不到爱情的白香竟如此剧烈地要结束余生，徘香呢？

她茫然地看着她，吸了口气，喃喃说道：“如果这是你的选择，我无法阻止你，但我不会同情你的，就像我不愿意去见我的生母一样，你们都太自私了。失去了爱，固然会痛，但放弃自己的生命，却让身旁的人更伤心，这一点你应该想得到吧！你一天不醒来，我就带着一天的愧疚，但我的心不会因此而枯萎。我要勇敢地活下去，为了我自己，也为了爱我的人。李祖越说我还没有经历过真正的爱，所以无法理解我亲生父母的心情，我要是再见到他，我要告诉他，也许我并没有过他所说的那种刻骨铭心的爱，但你们却教会了我什么是真爱，你知道那是什么吗？你听好，真正的爱是——为了活着的人勇敢地活下去……”

正当她对着徘香诉说时，曹立昆悄悄地走进病房，默默站在她身后。

他看殷希的神情，就像殷希望着徘香一样。他的眼中充满了疑惑和不解。

他至今无法厘清自己何以如此迷恋她。她的身上有一种无声的呼唤，使他忆起早已远去的岁月，使他枯竭的心再度年轻起来。十多年来的政治生涯让他变得世故、老练，他曾得到权势，享有名声，却失去了青春。“立委”选举失利后，他原以为可以从乔宁那儿得到安慰，可以和她与世无争地安居在山城里，可是当他见到殷希的第一眼，才猛然发现他对乔宁的爱情，其实是那么不堪一击。他曾想小心灌溉，让枯萎的花活下来，但每当看到殷希，他的心就狂野了起来。

她使他怦然心动，那种感情就像三十年前初恋时的感觉。她的纯真和青春，唤醒了他对爱情的渴望。为了她，他忍受着内心的煎熬，充满了对乔宁的愧疚。

他知道殷希是喜欢他的，却难以判断她所怀有的是什么样的感情。她有男朋友，她喊他叔叔，她像小女孩似的依偎着他，想从他身上弥补缺失的父爱。可是在某些时候，她则像个渴望爱情的女人，毫无顾忌地享受着他的温柔。她不仅在伤心时需要他，开心时也会靠向他。他告诉自己要耐心等待，等她明确自己的感情，等他处理好和乔宁的问题，一切就会水到渠成。可惜事情的发展不像他所期盼的那样顺利，他受不了她的冷漠，他的急躁逼得她非走不可。他以为已永远失去她，没想到她又回来了。他沉寂的心再度跳跃起来，他告诉自己这次不能再搞砸了。可是他不知道该怎么做，只能默默地看着她。

当殷希发现曹立昆正默默地看着她时，一颗心又狂乱得跳起来，不安地问："你什么时候来的？"

"好一会儿了，到外面去好吗？"他问。

她愣了一下，随他走出了病房。

"累了吧？"他温柔如昔，眼中依然一片深情。

"不累。"她知道他正看着她，始终低着头。

他停顿了一会儿，微声说："你真狠，说走就走，连声道别也没有。"

她的声音低得差点连自己也听不到。"我以为那样对谁都好。"

"对你，也许是吧！对我，可不一样！"

"对不起。"她抬头，再度看到他眼中的热情。

"我已经跟乔宁说清楚了，我们现在只是朋友，你不必再觉得内疚。"他靠向她，温柔地说，"你知道我有多想你吗？"

她原想抗拒，却躲不过他的热情，任由他将她揽在怀里。她多么怀念那坚实的臂膀，温柔的臂弯啊。她多么渴望他的拥抱，他的温柔，多么希望永远停留在天堂里，可是他突然放开了她。

她惊慌地抬起头，看见了站在不远处的乔宁。

殷希尴尬不已，不知该如何是好，乔宁也默然不语，低头走进病房。

"别慌，没事的。"曹立昆靠向她，她本能地退了一步。

"你还是去看看乔阿姨吧！"她又退了一步。

"你真的不用担心，我已经跟乔宁说清楚了，我送你回去。"

殷希犹豫不决，这时乔宁突然跑了出来，兴奋地说："她有反应了。"

殷希跑进病房里，看到徘香的眼角挂着两滴泪水。

殷希和周邑来到海边。

海风吹打在他们身上，伴随而来的寒意穿透心扉，周邑缩着脖子，静静地走着。殷希则仰着头，贪婪地呼吸着冰冷的空气。她需要清新的空气，需要海风来冷却她的心。她深深地吸着，一口又一口。

周邑默默跟在她身旁，任由海风吹拂着。两人谁也没开口。

过了好一会儿，周邑突然开口说：“我回去过了。”

殷希一阵惊喜：“真的？”

“可是我没有进去，我还是怕。我真没用。”

“你已经跨出一大步了，很棒了。”

“我站在门口，按了门铃，可是当我听到他的声音时，我就慌了起来，所有的勇气就都不见了。我慌慌张张地跑走，那种情况就像以前他在后面追着打我一样，不跑就会没命。我只能跑，不能停下来。”

“他看到你了吗？”

“我听见他叫着我，还有我妈，我知道他们在后面追着，可是我不敢停。”他叹了口气，“想象中的勇气总是比真实的大，我高估了自己。”

“不能气馁，就像我们对徘香一样，是不是？”

“嗯，只可惜我无法在十八岁倒数计时前完成，只剩下两天了。”

“那不过是个指标，重点在于你已经开始行动，是不是？”

“嗯，”他点点头，“你会去看她吗？你的生母。”

“不知道，还有好多思绪没厘清，我还需要一些时间。”

“我们都需要时间，徘香也是，不要太心急。”

“我真的很担心徘香，医生说她昏迷得越久，越不利。”

“她不是有反应了吗？”

“她哭了，表示她是有知觉的，我们应该打铁趁热。”

“你是想……”他望着她，“去找沈维刚？”

她点了点头。

“我陪你去。”他说。

“谢谢你，周邑，我还是自己去吧！”

离开海边后，殷希直接奔向沈维刚的住处。

再一次相见，所有的话在刹那间都化成了沉默的凝视。殷希眼中带着哀伤，沈维刚也像突然老了十岁似的，眼窝深陷，一脸疲惫。

他礼貌地一笑，以掩饰内心的憔悴，然后木讷地吐出了“你好吗”三个字。

殷希点了点头，回报了一个同样的微笑。

他们再度凝视着，当她看到他眼中的光彩逐渐鲜明起来，生怕那把已经熄灭的火再度燃起，急忙说："我是为了徘香而来的。"

他叹了口气，眼中的光彩随之消散了。

"我想请你去看看她，或许能够唤醒她。"殷希说得很慢，很缓。

"我早就想去看她了，但该跟她说什么？总不能骗她说我爱她吧！如果不能给她希望，我去了又有什么用呢？"

"你难道一点儿都不爱她吗？"

"我以为我可以的，所以当她来找我时，我才会接受。她给我看了很多诗，都是为我而写的，那隐藏在字里行间的情感，让我感动不已。但感动之后，理性回来了，我知道我是不可能爱她的。"

"为什么？"

"因为……我低估了自己对你的感情。我到现在还是深深地爱着你，谁也没有办法替代你在我心目中的地位。"

殷希内心犹如巨浪在翻滚，却无言以对。

"她知道我无法把你从心里抹除，委屈地要求我给她一点温热，她说她不贪心，哪怕只要十分之一，她就会很满足。她把自己完全投入在爱情里，毫无所求地付出。如果我的心里没有你，我或许会爱上她。可是我忘不了你。你并没有选择曹立昆，表示我还有机会，虽然我不知道该怎么做，但我对你的心并没有死！"

沈维刚炽热的目光让殷希的心几乎融化了，她痛苦地叹了口气："小刚，你这又是何苦呢？"

沈维刚突然握住她的手臂，恳求着说："希希，让我们重新开始，好吗？"

沈维刚的双眼再度望向她的脸，她的心狂跳起来。她对沈维刚不是没感情的，还有一份愧疚，但徘香介入，让情势变得复杂了。

尤其徘香还在昏迷中，她不能再让自己陷入感情的纠葛中。

“别这样。”她避开他。

他痛苦地问道：“我真的一点儿机会都没有了吗？”

她哀求着：“去看看徘香吧，求求你。”

沈维刚叹了口气。“我虽不杀伯仁，伯仁因我而死。好，我去看她。”

殷希随即回到医院里，欧阳阳兴奋地说：“徘香有进步了，她的手指动了，眼球也有了反应。”

“真的！”殷希兴奋极了。

“医生要我们多刺激她，呼唤她，她醒来的几率就越高。”

殷希走向徘香，嗔怒道：“你真没出息！得不到爱情只会退缩。你以为躲起来就没事了吗？”

“希希，你干吗骂徘香？”欧阳阳制止她。

“她原本就该骂，”殷希不理会欧阳阳，继续骂道，“你以为你可以像温格利一样游荡在阴阳两界吗？我不许你这么做！你要是真的像温格利一样爱得那么深，就应该起来为爱奋战。爱情不会因为你躺在这里而降临的，爱情是属于坚持到底的人，自艾自怜的人是得不到爱情的。”

徘香并没有反应。

“你的故事还没写完，就丢着不管吗？真是个不负责任的人。你知道你的十八岁倒数计时还剩几天吗？你要是不快醒来，你会来不及的。徘香，别像个懦夫一样，醒来吧！快睁开眼睛看一看，快……”殷希的话突然卡住了，她看到徘香的手指动了一下。

殷希和欧阳阳互相望着，两人都激动得不得了。

殷希握着她的手，急切地说道："徘香，请你再动一动，动一动你的手指……"

欧阳阳也握着她另一只手。"徘香，我知道你一定听到我们的话了，不然你就不会流泪。你才不像希希说的那么没用，你一定会把小说写完的，对不对？徘香，不要让希希看扁你，她已经完成了她的十八岁倒数计时，我们不能输给她……"

徘香的手指又动了一下，这个反应让殷希和欧阳阳信心大增，她们相信徘香很快就会醒来。

隔天，沈维刚来了，殷希和乔宁在病房外等着。

"徘香会不会一听到沈维刚的声音，更加伤心呢？"乔宁担心地问。

"不至于吧！我相信沈维刚对徘香的苏醒一定会有帮助的。"

"但愿如此。"乔宁叹了一声，目光悄悄地飘向殷希。她迟疑了一会儿，开口说："希希，我跟立昆现在只是朋友。"

突然听到曹立昆的名字，她不由得一愣，尴尬地说："如果不是我，你们也不会分手的。"

"我们间的感情早已经淡了，只是我一直不肯面对罢了。他需要你胜过我，你能给他的也比我多。既然这样，我为什么还要抓着他不放呢？情人当不成，一样可以当朋友，不是吗？"

"当你深刻地爱过一个人后，真的可以这么洒脱地放下吗？"

"我只是一个平凡的女人，自然会挣扎，会痛苦。我原本还期待他会回头，可是当徘香出事后，我不再贪求了。我现在只在意徘香，其他的事都可以放下。"

殷希不知该说什么，只是默默地站着。

“希希，不要顾忌我，如果你爱她，我会祝福你们的。”

爱情的阻力不见了，殷希竟没有欣喜，反而伤感起来。“我承认我还是喜欢他，但时间点不对。”

乔宁问：“你是说年龄的差距吗？那不是问题呀！”

“我知道年龄不是爱情的阻力，我指的是我目前的处境。如果我现在不是十七岁，而是二十七岁，当我经历过一些成年人该经历的事情后，我会想要定下来，会想拥有一个家，我就会义无反顾地接受他。但现在的我就像一幅刚勾勒出轮廓的画，我希望加入一些细节，也想涂上色彩，就算画中会出现一些败笔，我也不在乎，总之，我还没有真正经历过社会，不想定下来。”

“你有什么打算吗？”

“我应该回去把最后一年高中念完，之后的事，以后再说。”

“这样也好。”

这时沈维刚从病房出来。他一脸哀伤，看了殷希一眼，什么也没说，便走了。

乔宁难掩失望，急忙走进病房里。殷希也跟着进来。

她们再度在徘香的脸上看到两道泪痕。

殷希握着徘香的手，轻轻捏了一下。“徘香，我是希希，你要是听到我的话，就捏我一下。”

她感觉到手中有一股微弱的捏力，激动地又捏了一下，徘香再次回应她。

殷希兴奋地说：“加油，我们都在等你。”

她望向乔宁，乔宁的眼中早已一片泪光。

徘香完全清醒后，殷希决定回英国去。

“别那么快走！”徘香哀求着她，“就让我们一同度过一场温馨而难忘的十八岁生日，好不好？”

“就算要走，也得等我比赛完啊……”欧阳阳说。

殷希沉默了。

“你在怕什么呢？”徘香问。

“我不是怕，只是不想节外生枝。”

“你是指曹立昆还是沈维刚？”欧阳阳问。

“如果是沈维刚，你不必在意。我会把这段感情埋在心里。”徘香说。

殷希叹了口气。“不是因为他，和曹立昆也无关，我是想在倒数计时结束那天去看她。”

“你是说你的生母？”欧阳阳和徘香异口同声地问。

殷希点着头：“嗯，虽然我还不知道该怎么面对她，可是总觉得没去见她，我的十八岁倒数计时就没有真正结束。”

徘香附和："你这样做是对的。"

欧阳阳噘着嘴："那我们就不能一起过生日了。"

殷希灵机一动，"这样吧，你们到英国来，我们在英国庆祝，怎么样？"

徘香和欧阳阳听到这个提议后，愣住了。

"欧阳，你想朝国标舞发展，就应该到英国去，那里可是国标舞的殿堂喔！所有的国标舞高手哪一个不是在那里经过磨炼，怎么样，这个诱因够强吧！"

"我不知道耶，我得问问我爸妈。"欧阳阳迟疑着。

"徘香，你呢？"

"我去，只要你担保会陪着我，我就去英国念大学。"

"我不敢担保我们会上同一所大学，但我会尽可能陪着你，行吗？"

"好，那我们就把日期定在欧阳生日那天，这样她就不能不去了。"

"如果只是去玩，那当然没问题，去英国学国标舞，我得跟爸妈商量一下。"

"哪需要商量呢？只要你这次拿到冠军，不就有机会去吗？"徘香提醒她，"冠军的奖品中，不就包含一个短期的进修机会？我记得好像是去英国，不是吗？"

"好像有这么回事。"欧阳阳没料到自己会进入决赛，根本没注意这些事。

"冲着去英国，欧阳，你得加油喔！"殷希说。

"为了你们，我会的。"

离开前，殷希约了曹立昆。

她比预定的时间早了二十分钟，静静地远眺着阴阳海。

阴霾的春雨吞噬了海天的边界，也模糊了阴阳的界线。浑浊的海水在风中翻滚着，一波急过一波，朝阴阳海涌入，也奔向她的心海。她原以为她的十八岁倒数计时会在这里终结，没想到绕了一圈，答案竟然在英国。虽然兜了一圈，却让她的生命更丰富。她深深吸着来自大海的气息，海风伴着山岚游走在她的发梢，海与天的界线若隐若现，波涛在云雾中飘荡起来。

曹立昆悄悄走过来。“在想什么？”

“没什么，只是有点伤感。我好喜欢这里，舍不得离开。”

“你可以不必走啊！”他痛苦地说。

“徘香也这么说，但我没有留下来的理由。”

“如果我给你一个理由呢？”

“何必呢？”

“为了我，留下来吧！”他温柔地说。

“我得回去把高中念完，得面对我的未来。”

“我赞成你把高中念完，但请你把我规划在你的未来里，好吗？我需要你，我也会照顾你。希希，你要的一切我都可以给你，只求你不要走。”他揽住她的腰。她吓着了，紧张得一动也不能动。

她感觉到那只手在颤抖。她多么想顺势倒下去，躺在那温暖的怀里。这几个月来，她寄人篱下，孤独无依。她觉得累了。她多么想有个依靠，多么想躺在那宽广的怀中永远不再起来。

但她不能。

他在她耳边轻声说着：“听起来很疯狂，但我早就想要跟你一起生活，我要朝朝夕夕都和你在一起，永远不让你离开我。”

他低着头，在她的颈间摩挲着。他粗暴的喘息声让她晕眩，他灼热的呼气让她窒息。她觉得自己快被融化了。她很想就这么让他抱着，把这一年来的无依和疲惫都交给那结实的肩膀，她实在是累了。但理性让她推开了他。

他又迎上来，拉住她的手。“不要拒绝我。”

她看到一股熊熊烈火从他眼中蹿出来，流向她，燃烧着她。她感到浑身热烘烘的，感到快要站不住了。他靠向她，伸手抚摸着她的面颊，他的手指又细又长，宽阔而富于弹性。他抚摸她的时候，她感到整个身体灼热了起来，像有把火在烧似的。他低下头，亲吻着她。她一阵惊慌。但很快地，她沉醉在他的亲吻中，忘了周遭的一切。

他轻轻地松开她，无限柔情地说：“我就知道你是爱我的。”

这个比她大了三十岁的男人，在她眼中是如此英挺。当她注视着他时，她看不到年龄的差别，也看不到背景的差异，她看到的只有缠绵的爱。她的脸颊红了起来，鼻尖渗出细小的汗珠，她感到飘飘然。

他的目光夹杂着温柔和狂喜，在她的脸上游移。他无法自已地看着，生怕一闭上眼睛，那张令他迷恋的脸就会消失。

他再一次上前拥抱她，她却逃开了。

“你明知道我不能留下来。”

“是为了乔宁吗？我不是跟你说过了，我们现在只是朋友，你不需要顾忌她。”

“你误会了，我是为了我自己。”她听到自己的心剧烈地跳动着。

“我十八岁的生日还没到呢！我不能这样就定下来，我要出去闯一闯，去经历那些你已经经历过的事，哪怕是遍体鳞伤，头破血流，我也必须这么做，否则我会后悔的。”

“我，我，我，你的心里就只有你自己吗？你真自私，你是个无赖。”

“徘香也这么说过我，我是自私，我是无赖，我辜负了你，也伤害了沈维刚。但人生本来就是自私的，不是吗？你敢说你从来没愧对过爱你的人吗？我知道我这一走，恐怕再也找不到像你这么包容我的人，但是我必须走，我必须去面对我的人生，我的未来。如果我现在留下来了，我不敢保证我的心会就此安定，与其将来不欢而散，不如就此留下美好的回忆吧！”

曹立昆的脸沉了下来，但理性让他妥协了。他知道自己不可能留住一颗年轻的心。“你真狠心。”他的语气温柔了起来。

“我也很痛苦啊！过去，我必须用全身的意志才能抗拒你的温柔，现在要离开你，更是困难，请你不要软化我，让我走吧！”她强忍着泪水。

“你会记得我吗？”他痛苦地问。

“徘香说过，当你十七岁时爱上一个人，千万不能看他的脸，因为你得用一辈子的时间才能忘记他。我不知道我是否得花上一辈子的时间，但要忘掉你并不是一件容易的事。”

“你这么说，我很高兴，但我不只希望你记得我，我还希望有一天，等你闯累了，觉得够了，你会再回到我身边。”

“到时候你还愿意接纳我吗？”

“如果我还没有老得无法爱，我会的。”

“爱是不分年龄的。”

“你这么年轻，还看不到分别的，到了中年，就不一样了。”

“别说泄气话。”她说。

“生命本来就充满着无奈。”他叹了口气，恨不得年轻个二十岁。

“你将来有什么打算吗？”

“还没告诉你，夏天我会去一趟美国，我的女儿请我去。”

“太好了，只可惜我不能再陪你去买礼物了。”

“没关系，等去了再带她买，她妈说她很挑，从不穿别人买的衣服。”曹立昆微微一笑，“上次我只是借机送你礼物的。”

“你真坏。”殷希瞅了他一眼。

“你不也一样吗？”

她闷头不语，过了一会儿才又说：“再见了，曹叔叔。”

他万分不舍地说：“好好照顾自己。”

离愁涌上心头，她淡淡地说了句：“你也是。”转身而去。

Chapter 39

飞机起飞后，殷希将随身碟插入计算机里。

那是徘香在机场给她的，她说："怕你在飞机上太无聊，把最后一章带着读吧！"

殷希微微笑着。"是快乐的结局吗？"

徘香瞅了她一眼。"你看了就知道了，我怕你会不喜欢。"

欧阳阳抢在殷希开口前说："怎么会呢，她爱都来不及呢！对不对，希希？"

"对，这一次我要用不同的心情来读这个故事，看着你笔下的一言一语，就像你陪在我身边一样，这趟旅程就不会枯燥了。"

徘香的眼中又飘过一片乌云。

殷希急忙制止她。"说好了，谁都不许感伤。否则你们到了伦敦，我可不理你们喔！"

欧阳阳立刻附议。"就是嘛，不过才两个月，别这样嘛！"

徘香终于挤出一个笑容，目送着殷希走入机场。

飞机升空后，殷希读起了《情牵阴阳海》最后的章节。

在温格利的指引下，白香从地底挖出了他的日记。她被他优美的字体深深吸引着，那是她所见过最美丽的一本日记。她原本担心自己看不懂英文，可是当她打开日记后，那一排排的英文竟转换成她熟悉的文字，她想一定是温格利的魔力。她废寝忘食地读着，边读边流着泪，她被温格利的深情所感动，也妒忌着CC。CC凭什么得到那么浓烈的爱？女主角应该是她才对。她把自己幻想成温格利笔下的CC，边读边享受着他的爱情。

她读着读着，心中竟萌生了一个邪恶的念头：既然温格利无法接受她的爱，何不独占这本日记呢？可是她一想到温格利伤心的眼神，她的心就软化了。还有CC，这个痴情的女子为了爱情，已经付出了一生的时间，她值得被同情。

不能让CC带着遗憾离开人世，可是她又犹豫了起来。

当她把日记交给CC后，温格利会不会就此消失呢？

当CC离开了人世，他会跟她在阴间相逢吗？还是了无牵挂，就此安息呢？

超越阴阳两界的爱终究是有阻隔的，白香长长地叹了一口气。

在白香拿到日记后的第三天，她搭上了前往英国的飞机，顺利地找到了CC。在她见到CC的前一秒，她曾想临阵脱逃，可是当医护人员推着CC出来的那一刻，她庆幸自己做对了事。

CC 老了，病了，就像任何一个老妇一样，毫不起眼，她却能看见她年轻时的美貌。她怀疑一定是温格利施了魔法，否则她怎么会有穿越时空的视力呢？她不仅看见了 CC 年轻时的容貌，也感受到了她那浓烈的爱，就像陈年佳酿，让人不饮自醉。

CC 眯着眼，看着她，她也看着 CC，不需要言语，她们之间仿佛已经认识了许久。CC 微声说道："昨晚我的未婚夫来到我梦里，告诉我有个天使会为我带来一件礼物，你就是那个天使吗？"

"我不是天使，但我为你带来了礼物。"白香一开口，整个人都呆住了，她怎么会说英文呢？她跟温格利都是以意念交谈，语言的形式对他们并不是障碍。CC 是个凡人，自然没有这种力量，她原本还担心会鸡同鸭讲，想把日记递给她后转身就走，没想到她们竟然能沟通！一定是温格利做了什么。

她回过头，果然看见温格利就坐在不远的地方。他以感激的目光看着她，向她致意后，那对深情的眸子随即回到爱人的身上。

她看着 CC 以颤抖而迟缓的手打开包装，当日记本呈现在面前时，泪珠从她深凹的眼眶里流了出来。

温格利含情脉脉地看着往昔的爱人，脸上交织着温柔和痛苦，那表情震撼了白香。她从来没看过这么痛苦、又这么温柔的表情。在那瞬间，她知道她做对了一件事，一件非常重要的事。

她往后退了一步，准备悄悄地离去，CC的目光从日记本上移起，眼睛满含泪水对她说："我就知道他至死都是深爱着我的。"

"他不止深爱着你，而且一直陪在你身边。"白香停下脚步。

"是的，我可以感觉得到，他现在就在这里。"她朝温格利的方向望去，泪水从干瘪的脸颊上滑落。

白香也望向温格利，看到两颗晶亮的泪珠从他眼中滑落。她心中一愣，游魂也会流泪吗？她难以置信地再去看时，泪光不见了，他那凹陷的眼眶更为深邃了。

"谢谢你。"CC的脸平和得像个刚睡饱的孩子。

"不客气，我只是做了我该做的事。"白香微微一笑，转身走了出去。

她走进一片林子里，等待天色暗沉下来，等待与温格利再次相见。

她等着等着，一弯斜月从枝丫间露出脸来，再缓缓爬上天心，还未见温格利的踪影。她想温格利一定还陪在CC身旁。

她又等着，等着，看着弯月从天际慢慢滑落下来。天都亮了，温格利还没来。

当幽暗的晨光逐渐明亮时，她感觉到一阵轻微的气息，轻声叫着："是你吗？温格利。"

"是我。"

"你在哪儿？我看不到你。"

“我的漫游已随着CC的生命而终止，你再也看不到我了。”

“CC，她……”

“她安息了，就在几分钟前，她含着笑，没有任何遗憾，谢谢你。”

“我很高兴帮上忙。”白香轻轻一叹。

“我终究欠你一份情，我该怎么还你呢？”温格利的声音在风中飘飞着。

“既然你无法给我想要的，那就让我再看你一眼吧！”

“我不能。我要随CC一起安息了。请原谅我吧！”

“既然如此，去吧！去吧！”白香长叹一声。

一阵风吹动她的长发，她听到了温格利最后的道别：“再见了，我的孩子。”

她看到一道微弱的白光随着那阵风逐渐远去。

白香又微微一叹，心中没有哀愁。她仰头看着苍穹，今天必定是个晴朗的好天气。

她的目光从屏幕移向窗外，天空湛蓝无云，好一片清亮。

这九个多月来所发生的事如同影片般在她脑海中浮现。他第一次见到徘香，第一次看到阴阳海，第一次去老屋，和沈维刚在民宿重逢，和曹立昆在海边漫步……往事就像一笔笔的色彩，让她的十七岁变得更鲜明难忘。

她的十八岁倒数计时完成了，欧阳阳找到了她的梦想，徘香的小说也完成了。大家用不同的方式活出一个深刻的十七岁。

再见了，十七岁，她在心里默默告别，同时期许自己有一个明亮的十八岁。

她把头靠在椅背上，突然想起一件事，弯身从手提袋里拿出一个信封。

希希：

经过这一遭，我们都更成熟了，也更懂得什么是爱。

我对你的爱依然强烈，我不知道我还有没有机会，这一别也不知道什么时候再见，不管你在哪里，我都会惦念着你，祝福你。

我不敢奢求你再接纳我，只想请求你，为我留扇小窗，让我得以呼吸你的气息。

沈维刚　笔

殷希感到一阵心痛，和沈维刚在一起的日子，令她难忘，也让她怀念。青春的恋曲不易维系，为彼此留下一扇小窗，不也挺美好吗？她想了想，向空姐要了张明信片，写下：

在小窗里的我，偶尔也需要来自太平洋的气息。

飞机开始下降，她将明信片交给空姐，望向窗外，伦敦覆盖在阴雨中，在这样的天气里跟自己的生母相见，倒是挺符合她的心情。

她一走出机场,便看到李祖越对她招手。她的心又不安了起来。

“当你跟我说要去看她时，你知道我有多高兴吗？”李祖越接过她的行李。

“她呢？你告诉她了？”她忐忑不安地问。

“当我跟她说你想见她时，她好兴奋，却又泪流满面。她说她欠你一个道歉，想当面跟你说声对不起，至于你怎么看待她，愿不愿意接纳她，她并不强求。”李祖越突然停下脚步，满怀歉意地望着她，“你说得对，我也欠雅琦一个道歉，看完心慧后，你愿意带我去见她吗？”

殷希点点头。“她会很高兴的。”

李祖越顿时百感交集，不由得又发出一声长叹。

殷希催促着 :“走吧，别让她等太久。”

图书在版编目（CIP）数据

18岁倒数计时 / 林满秋著. —青岛：青岛出版社，2015.12
ISBN 978-7-5552-3240-7
Ⅰ.①1… Ⅱ.①林… Ⅲ.①长篇小说－中国－当代 Ⅳ.①I247.5

中国版本图书馆CIP数据核字（2015）第280697号

书名 / 18岁倒数计时 林满秋著
中文简体版由小鲁文化事业股份有限公司通过台湾巴思里那有限公司
授权青岛出版社出版
山东省版权局著作权合同登记号：图字15-2015-340

书　　名　18岁倒数计时
著　　者　林满秋
出版发行　青岛出版社
社　　址　青岛市海尔路182号（266061）
本社网址　http://www.qdpub.com
邮购电话　13335059110　0532-68068026
选题策划　谢　蔚
责任编辑　王世锋
全书插图　Spring
封面设计　白水·唐工作室
版式设计　滕　乐
照　　排　青岛佳文文化传播有限公司
印　　刷　青岛炜瑞印务有限公司
出版日期　2016年1月第1版　2016年1月第1次印刷
开　　本　32开（890mm×1240mm）
印　　张　9.25
字　　数　185千
书　　号　ISBN 978-7-5552-3240-7
定　　价　29.80元

编校质量、盗版监督免费服务电话　4006532017　0532-68068638
印刷厂服务电话　13864837986
本书建议陈列类别：青春文学